A QUEDA DO MURO DE BERLIM
E A PRESENTIFICAÇÃO DA HISTÓRIA

Flavia Bancher

A Queda do Muro de Berlim
e a presentificação da história

Ateliê Editorial

Copyright © 2003 Flavia Bancher

Direitos reservados e protegidos pela Lei 9.610 de 19.2.1998.
É proibida a reprodução total ou parcial sem a autorização,
por escrito, da editora.

ISBN: 85-7480-131-3

Direitos reservados à
ATELIÊ EDITORIAL
Rua Manoel Pereira Leite, 15
06709-280 – Granja Viana – Cotia – SP
Telefax: (11) 4612-9666
www.atelie.com.br
e-mail: atelie_editorial@uol.com.br

Printed in Brazil
Foi feito depósito legal
2003

Aos meus pais

Agradeço de modo especial à professora Jerusa Pires Ferreira, grande incentivadora deste trabalho; aos professores Boris Schnaiderman, pelo diálogo sempre tão frutífero, e José Carlos Bruni, pela valiosa crítica conceitual; e a Plinio Martins Filho, pela oportunidade de publicar este livro. Meus agradecimentos ainda à Fapesp, pela bolsa e auxílio concedidos, ao Instituto Goethe de São Paulo e a todos aqueles que de alguma forma estiveram envolvidos neste projeto.

Sumário

História Presente, Conceitos Afiados, Materiais Oportunos –
Jerusa Pires Ferreira 9

Introdução 15

I. Por que Estudar o *Événement* como Possível Categoria
Histórica 17

II. Uma Breve Discussão da Conceituação de *Événement* .. 25

III. Algumas Temporalidades do *Événement* 53

IV. Breve Leitura de Imagens Relativas ao *Événement*
"Queda do Muro de Berlim" 87

Considerações Finais 119

Apêndice – Uma Possível Cronologia dos Acontecimentos . 123

Referências Bibliográficas 131

HISTÓRIA PRESENTE, CONCEITOS AFIADOS, MATERIAIS OPORTUNOS

Jerusa Pires Ferreira

Conheci Flavia Bancher, há muitos anos, como aluna na Escola de Comunicações e Artes da Universidade de São Paulo (ECA-USP), e sua atitude sempre fora a de extrema seriedade, competência e ao mesmo tempo inquietação. Parecia querer atuar nos territórios por explorar, reunir aspectos, conectar questões. Estudava Jornalismo e buscava nas Letras fundamentos de Semiótica.

Muitos anos depois, tornamos a nos encontrar no Programa de Pós-Graduação em Comunicação e Semiótica da Pontifícia Universidade Católica de São Paulo (PUC-SP), onde trabalho, falando-me de seu projeto, que tinha como núcleos principais: a chamada "queda" do Muro de Berlim e a discussão do que seria um *événement*. Buscava perquirir os sentidos da derrubada e alcançar, por meio deste conceito, o que é, o que pode ser e o que suscita um acontecimento deste porte.

Note-se a complexidade que tudo isto envolve, sobretudo ao se pensar criticamente, em sua inserção histórica e política, e procurando-se ainda seguir as poéticas de transmissão do fato, o que se disse ou representou, a partir daquilo que é muito mais do que um simples acontecimento, como ela nos mostra.

A queda de um muro que era o símbolo extremo da intolerância e das guerras que sacudiram de forma tão impiedosa o século XX, e que continuaram de forma ampliada, tecnológica, de alcance insuspeitado, abalando nossos dias. Acontecimentos que trazem novos panoramas e configurações mediáticas do desespero humano.

Não está em causa apenas Berlim, a Alemanha, a Segunda Guerra Mundial, mas as capacidades humanas de segregar, vigiar e punir. Separar, proibir, utilizando-se para isso horrendas fronteiras armadas, mas também reagir e derrubar estas barreiras.

E não é pouco tudo isto que se contempla no trabalho de Flavia. Mas o que nos deslumbra é que se trata, aqui, de discutir a queda do Muro. Do ato de fazer tombar o cimento, a construção, o instrumento da opressão. Conta, sobretudo, o poder se reverter a divisão criminosa que impedia o movimento em suas dobraduras, a vida em suas espirais sem cesuras.

Temos, então, na leitura deste livro, a possibilidade de revisitar o grande acontecimento da demolição do Muro, depois exibido em pedaços pela mídia, fetichizado, transformado até em relíquia ou em mercadoria, a memória vendida aos pedaços.

Os eventos artísticos e as linguagens da transmissão de tudo isto estão em causa tanto quanto o próprio acontecimento. O contar, o cantar, o dizer, o representar as imagens que em seus vários planos de expressão se carregam de todos os signos da intensidade, seja referindo-se à alegria ou à perplexidade ou preparando um território bem propício para o assentamento dos ritos de celebração.

Sou tentada a narrar, aqui, a aventura que vivemos, eu e Boris (Schnaiderman), em 1989, pouco tempo antes da queda, perdidos em torno do Muro e dos espaços baldios que o circundavam, quase no cenário de um filme de Wim Wenders, numa manhã gelada. Seguíamos em busca da Martin Gropius Bau, onde acontecia uma exposição extraordinária dos movimentos de vanguarda do século passado. A mostra inesquecível se chamava Estação dos Modernos e foi isso que nos confundiu. Esperávamos a moderna arquitetura da reconstrução de Berlim e a mostra ocorria num prédio antigo. Mas isto nos permitiu vivenciar a cidade dividida em seus impasses, alguns intuídos, outros constatados tão diretamente, dos lixos às pichações.

Em outra ocasião, transpusemos a horrenda fronteira, sem esquecer a presença das guaritas, dos soldados armados e dos arames farpados, experimentando a aventura de confrontar temporalidades tão diversas em tão breve tempo, de perceber no convívio humano, rápido mas intenso, a paisagem cultural das duas partes de Berlim, em suas grandes diferenças.

De um lado, o mundo moderno, regido pelo capital, pelo acesso a bens de consumo, do outro, um mundo bem distante, socialista e emperrado, com outras velocidades e ritmos, como se houvesse um grande hiato de décadas.

Sabíamos que havia algo estranho em gestação, mas não conseguíamos prever que cedo viria a derrubada. A queda do Muro significa, de fato, a ruptura mas também a costura destes tempos e espaços segregados, confronto de tempos, de políticas, de vivências tão diversas.

É por tudo isto que, primeiramente, a idéia do projeto, depois a dissertação e, finalmente, o livro de Flavia significam tanto. Estão aí contemplados os movimentos e a promessa, e não a cristalização.

A nova proposta viria, naturalmente, carregada de problemas, de contestações e de outros crimes, mas também cheia de celebrações, de convívios, de descobertas.

Estamos diante do cumprimento dos ritos, da alegria, celebração da vida, a união da poesia com o momento intenso em que um acontecimento como este se instala. Mas também diante das dificuldades reais de encarar as diferenças criadas. De um lado e do outro, a meu ver, houve conquistas, houve e há desgastes e tragédias. E isso é recuperado na leitura do livro.

A condição humana, o momento político e a possibilidade de expressá-los. A história, presentificada e revista, no ato vivo ou na construção do evento pela mídia.

Mas o que se destaca na consideração e apreensão de tudo isto, no texto de Flavia Bancher, é a precisão. A autora discute aí uma nomenclatura e escolhe a palavra/conceito de *événement*, passa pela leitura crítica, o que implica acompanhar o próprio fazer da história. Aproveitando lições da Nova História, e a idéia de história imediata, sem "imediatismos" diga-se de passagem, ela nos revela o acontecimento a se fazer, mais uma vez, com apuro crítico, por meio de uma pesquisa que envolveu materiais diversos da imprensa alemã que veiculou o fato, o que dele se pôde apreender. Seguiu a transformação do acontecimento em notícia espalhada pelo mundo e nos leva a pensar o que um fato regional/ universal tem a ver com os principais acontecimentos do século que passou e do que vivemos, no qual nos encontramos, aturdidos e estupefatos, inclusive com o surgimento de novos muros.

A memória viva é fortemente considerada, mas o que é original e novo aqui é a idéia de buscar a memória posterior (expressão sua que pode parecer um paradoxo, mas que tem a sutileza de propor que se pense nas elipses), o que não se disse, e as "revisitações" ao acontecimento. Flavia passeia pela mídia e pelos textos literários que veicularam a presença de conflitos, vai da divisão do Iêmen ao Massacre da Praça da Paz Celestial, na China.

Além disso, o texto que apresento é bem escrito e de rara sutileza, serpeando entre as temporalidades imprecisas do quase-presente.

Percorrê-lo é acompanhar uma conciliação que é muito difícil de ser feita entre a precisão e a operação teórica. Lidamos, por sua mão, com a fluência dos textos narrativos, com as poéticas do dizer, com a representação fotográfica do cotidiano trágico, e já incorporado, como é o caso daquela família que tivera a paisagem da janela de sua sala subtraída pelo Muro. E, mais ainda, entramos em contato com diferentes ritmos, velocidades, presenças que parecem desafiar a documentação, como ela tão sabiamente nos diz!

Noções de complexidade, de ordem e desordem, impostas ou não, são visitadas por meio da discussão de noções apresentadas por Edgard Morin. Evoco aqui Balandier com suas idéias de contorno e desordem, expressas em dois de seus mais belos trabalhos.

No caso da queda do Muro, pode-se também falar do marco simbólico de uma nova ordem imposta, com direito a todas as fricções, a atritos de uma transformação repentina, e que ecoa a partir do fracasso do socialismo soviético.

Passando também por Le Roy Ladurie, que enfoca o *événement* como ruptura, e aqui com justa razão, ou por um Paul Veyne, que sugere a apreensão a partir das tramas narrativas, são levadas em consideração idéias como as de devir, de vir a ser, de tombar, do momento oportuno, kairós...

O que me parece também muito sugestivo é todo um questionamento feito a propósito das datações, nas engrenagens do fazer histórico: assim, as rememorações, o reencontro com certos acontecimentos, as sensações únicas experimentadas, a exemplo de "uma data válida pelo seu valor diferencial como ato normativo e estanque".

Propõe, apesar da discussão relativizadora das datas, uma cronologia precisa e a listagem das ações que compuseram o grande acontecimento, para situar o leitor.

E ainda, ao nos apresentar o *corpus* de sua pesquisa, nos traz dois exemplos de vivência do acontecimento bem marcantes e que exemplificam toda a sua discussão: o de Rostropóvich e seu famoso concerto no local, momentos depois do ocorrido, tendo ao fundo uma pichação com a cara de Mickey. E a famosa entrevista com Elie Wiesel, a propósito do evento e da reunificação alemã.

Mas ela nos evoca também o trauma da própria construção, da argamassa de sangue que o Muro contém, que todos os muros contêm, acrescentamos nós.

Numa leitura atenta, seguindo dos materiais apresentados ao corpo de conceitos deste trabalho, somos convidados à complexidade do que é testemunhar, do testemunho aos itinerários possíveis do que chamamos *événement*.

Não se trata aqui apenas de uma parte importante da história do tempo presente mas de uma inteligente e relativizadora crítica do tempo presenciado.

Introdução

Este livro nasceu do amadurecimento de uma discussão acerca do problema da possibilidade de conceituação histórica, no contexto dos estudos do tempo presente, levando-se em consideração a perspectiva da chamada *história imediata*[1]. Primeiro, quanto ao reconhecimento da importância de se dar a palavra aos atores da história, embora não tratemos aqui diretamente de testemunhos. Segundo, quanto ao tipo de trabalho a que o "imediatista" aspira, ou seja, "o primeiro esboço, a primeira apresentação, a incomparável coleção de documentos perecíveis – os gestos dos vivos, a voz humana, as cores e os odores de uma multidão e de um povo no trabalho e no combate – a partir da qual as outras operações históricas se desenvolvem em profundidade"[2]. Terceiro, e principalmente, ao se concentrar no processo, sem ter apenas o desenlace de um acontecimento como perspectiva: "Em busca de uma tentativa de definição, o 'imediatista' ver-se-ia tentado a sugerir que a disciplina que ele se esforça por praticar

1. Falamos de história imediata na perspectiva apontada por Jean Lacouture, "A História Imediata", em Jacques Le Goff (org.), *A História Nova*, pp. 215 e ss.
2. *Idem*, p. 222.

não tem precisamente por objeto essas mudanças, menos ainda o 'mudado'; mas sim o 'mudar'"[3].

Neste sentido, este estudo propõe e analisa o que chamamos de *événement* como uma categoria válida para a pesquisa do tempo presente, trabalhando o processo da memória viva, que continua a refazer o acontecimento em suas infinitas dobras, por meio do esquecimento, das elipses, das revisitações a si mesmo. E, por que não, a referência à anterioridade do acontecimento, a sua imprevisibilidade, mas, quem sabe, a sua quase-presença, também? Veremos, então, por que o que ficou conhecido como a queda do Muro de Berlim é um dos mais contundentes exemplos de "presentificação" da história, de *événement*, um acontecimento ainda hoje em processo, vivo...

3. *Idem*, p. 239.

I
Por que Estudar o *Événement* como Possível Categoria Histórica

Parece existir na sociedade contemporânea um processo de "presentificação" da história. A construção de *événements* a partir de acontecimentos recentes, sendo que a influência dos meios de comunicação de massa é relevante nesse processo, é um fenômeno a ser considerado em toda pesquisa sobre o tempo presente, o contemporâneo.

Mas, afinal, o que exatamente chamamos por esse nome? Tomaremos como concepção básica, a partir da qual discutiremos os seus limites, a noção de *événement* de Pierre Nora: "Acontecimentos capitais podem ocorrer sem que se fale deles. [...] O fato de terem acontecido somente os torna históricos. Para que haja *événement* é necessário que ele se torne conhecido"[1].

Ou seja, só há *événement* propriamente dito, quando o acontecimento, de alguma forma, é apreendido coletivamente. E, nesse contexto, principalmente no século XX, os meios de comunicação de massa têm um importante papel, como veremos.

Mas a própria palavra *événement* nos mostra um pouco o caráter performático, de poética do relato, que nos interessa sobremaneira.

---

1. Pierre Nora, "Le retour de l'événement", em *Faire de l'histoire*, t. I, Paris, Gallimard, 1974.

A palavra *événement* substituiu, no francês, *event*[2]. Esta última vem do latim *evenire*, a partir de *avénement*. Quanto a *evenire* (*evenio, -is, -ire, -veni, -ventum*), temos o sentido próprio de proveniência "vir de"(Horácio, *Odes*, 4, 4, 65), "provir de, resultar" (Cícero, *Cartas Familiares*, 4, 14, I)[3]. Esse sentido se mantém no francês, "fato ao qual uma situação é conduzida". Temos a noção de "origem" (não vamos falar de "causa", pois seria algo extremamente redutor) e "desfecho". Essa noção de desfecho é interessante porque se refere a algo "fechado" ("desfecho de uma peça de teatro"), mas também diz respeito a um processo "aberto" ao acaso, quase sempre de caráter dramático ("v. calamidade, catástrofe, desastre, acidente, circunstância, conjectura").

Quanto à noção de origem, levaremos em consideração a de *Ursprung*, em Walter Benjamin. Algo que se apresentaria como um salto ou recorte inovador para fora de uma sucessão cronológica niveladora[4]. Aqui, a origem não é algo atemporal, não se dá como retorno a supostas fontes, mas sim, por uma nova ligação entre passado e presente, o que se dá em instantes decisivos e únicos, como veremos. Em *História e Narração em W. Benjamin*, Jeanne Marie Gagnebin coloca, a respeito da noção de origem no autor:

[...] a dinâmica da origem não se esgota na restauração de um estádio primeiro, quer que tenha realmente existido ou que seja somente uma projeção mítica no passado; porque também é inacabamento e abertura à história, [...] o *Ursprung* não é simples restauração do idêntico esquecido, mas igualmente [...] emergência do diferente. Essa estrutura paradoxal é a do instante decisivo, do *kairos*. [...] O *Ursprung* não preexiste à história, numa atemporalidade paradisíaca, mas, pelo

2. Verbete "événement", em *Nouveau Petit Le Robert*, t. I, Paris, SNL Le Robert, 1993.
3. Ernesto Faria, *Dicionário Latino-português*, 4. ed., Brasília, Departamento Nacional de Educação/Ministério da Educação e Cultura, 1967.
4. Walter Benjamin, *Ursprung des deutschen Trauerspiel*, em *Ges. Schr*, I-1, Frankfurt a.M., Suhrkamp, no prefácio "Erkenntniskritische Vorrede", pp. 207 e ss.

seu surgimento, inscreve no e pelo histórico a recordação e a promessa de um tempo redimido. É na densidade do histórico que surge o originário, intensidade destrutora de continuidades...[5].

A palavra *événement* carrega em si, então, um complexo jogo de temporalidades: algo está acontecendo (processo), teve uma origem (pretérita, mas com ecos que permanecem), resultou em algo (presente) e anuncia o que está para acontecer (provém do antigo verbo *avenir, advenir,* "le temps à venir"). Ao substituir *event* está de acordo com a noção de *événement,* de Pierre Nora, que tomamos por referência. Porque provém de *éventer* (*esventer, aérer;* de *vent*): "expor ao vento", "colocar ao ar livre" e, sentido figurado, "descobrir" (*éventer le secret*). Ou seja, a noção de expansão, propagação, digamos, "aos quatro ventos", sem o que o *événement* não existiria.

A última década do século parece contribuir muito para essa presentificação, já que está repleta de acontecimentos significativos, de alguma maneira vistos como *événements*.

Esse processo exacerbou-se a partir das revelações vindas com a *glasnost,* na ex-URSS, quando Mikhail Gorbatchev deu início a sua política de liberalização, a partir de 1985. Um dos exemplos de como a derrocada da União Soviética influenciou o surgimento de *événements* foi justamente o que ficou conhecido como a "queda do Muro de Berlim", em 9 de novembro de 1989. Os exemplos multiplicam-se, como a assinatura do acordo de paz entre Israel e a OLP, em setembro de 1993, o massacre na Praça da Paz Celestial (China), em 4 de junho de 1989, e outros.

É nesse contexto que se insere o crescimento das publicações de livros-reportagem e dos documentários de televisão. Quanto aos últimos, vêm se tornando "vedetes dos canais de assinatura", como apontou o jornal *O Estado de S. Paulo*[6]. Segundo a reporta-

---

5. Jeanne M. Gagnebin, *História e Narração em W. Benjamin*, São Paulo, Perspectiva, 1994, p. 22.
6. Renato Faleiros, "Documentários são Vedetes dos Canais por Assinatura", *Estado de S. Paulo,* 23.04.95.

gem, isso se deveria a uma "nostalgia *fin-de-siècle* estimuladora de balanços e sínteses". Muitos são documentários como *Guerras do Século*, veiculado pela rede Record de televisão, ou outros que aparecem nas televisões a cabo, de produtores como Channel 4 (Inglaterra), Capa Presse, Envoyé Spécial (França) e National Geographic (Estados Unidos), com especiais e documentários veiculados pelo canal GNT.

O documentário *Guerra e Paz no Oriente Médio*, sobre o acordo de paz entre israelenses e palestinos, foi colocado à venda em bancas de jornal e divulgado pela *Folha de S. Paulo*. É interessante reproduzir os escritos da capa do vídeo em questão: "Depoimentos exclusivos de Rabin e Arafat", "Cenas inéditas de batalhas e combates", "Os bastidores da guerra e dos acordos". São os acontecimentos transformados em *événements* no seu limite ético, próximos daquilo que Pierre Nora, como veremos adiante, chamou de *événement monstre*.

Um caso curioso, às avessas, desse processo que estamos estudando, é o da série televisiva "*Jornal da História*" que fez muito sucesso, tanto nos Estados Unidos quanto no Brasil. Trata-se aparentemente de um telejornal de verdade, até termos uma surpresa: um locutor ("correspondente") narra importantes acontecimentos históricos, passados entre os séculos XI e XV, como se estivessem ocorrendo naquele instante. Por exemplo, o primeiro episódio noticia a conspiração normanda contra o rei inglês Harold Godwinson. Só que o acontecimento ocorreu em 1066! Assim, os outros episódios trataram das Cruzadas (1187), da queda de Bizâncio (1453) e outros. A série foi produzida pela Maryland Public Television e seus seis episódios foram veiculados no Brasil pela rede Cultura de televisão[7]. Isso mostra como os acontecimentos históricos sob a forma de *événements* (presentificação histórica) estão inseridos no contexto cultural das sociedades con-

---

7. Armando Antenore, "Série Usa Jornalismo para Ensinar História", São Paulo, *Folha de S. Paulo*, Ilustrada, 3.01.95, 5-3.

temporâneas, até mesmo sob a forma de ficção, como uma espécie de anacronismo humorístico e didático ao mesmo tempo. Quanto aos livros-reportagem, poderíamos citar uma extensa e diversificada lista. Talvez, para iniciar, um exemplo clássico, que cristalizou um acontecimento histórico, seja o do conhecido caso Watergate, dos jornalistas Carl Bernstein e Bob Woodward, tendo recebido o prêmio Pulitzer e sido transformado no não menos conhecido filme *Todos os Homens do Presidente*, de Alan Pakula.

A tendência continua até hoje, com outros acontecimentos e processos relevantes em termos históricos. A experiência de correspondentes internacionais como testemunhas, de eventos considerados relevantes para o mundo, é transformada em livros de relatos ficcionalizados ou documentais.

É o caso do volume *Dramatische Augenblicke*[8] [*Instantes Dramáticos*], que reúne relatos de conhecidos repórteres televisivos alemães sobre diferentes acontecimentos. É interessante a propaganda do livro, no jornal *Frankfurter Allgemeine* (março de 1993):

> Do *centro dos acontecimentos diretamente* em nossas *salas-de-estar: acontecimentos* conflituosos na Alemanha e no mundo. Dieter Zimmer reuniu em um volume as mais emocionantes *vivências* de conhecidos repórteres de televisão. Surpreendentes *relatos testemunhais...* [grifos meus].

Nessa página do jornal alemão há ainda, da mesma editora, outros dois livros, sobre o desmoronamento da União Soviética e a guerra na Bósnia. Os títulos são: *Aufstieg und Niedergang des Russischen Reiches* [*Ascensão e Queda do Império Russo*], de Lothar Rühl; e *Die bosnische Tragödie* e *Der Krieg vor unserer Haustür – Hintergründe der kroatischen Tragödie* [*A Tragédia Bósnia* e *A Guerra à Porta de Nossa Casa – Bastidores da Tragédia Croata*], de Johann Georg Reissmüller.

Mas esse movimento não pertence somente às páginas dos jornais alemães. As editoras brasileiras também vêm publicando muitas obras desse tipo, o que demonstra o interesse das pessoas por

---

8. Dieter Zimmer, *Dramatische Augenblicke*, Stuttgart, DVA, 1993.

acontecimentos recentes. Vamos citar dois exemplos. O primeiro é *Imperium*[9], do correspondente de guerra polonês Ryszard Kapuscinski. O autor tem outros livros sobre sua vivência de importantes acontecimentos, tais como: *The Soccer War* [*A Guerra do Futebol*], sobre a guerra entre Honduras e El Salvador por causa de uma partida classificatória para a Copa do Mundo. E *The Emperor* [*O Imperador*], sobre a queda do imperador Haile Selasié, da Etiópia.

Em *Imperium*, o jornalista narra o colapso da ex-URSS, em um misto de diário de viagem, reportagem, memórias de infância e relato histórico. O autor coloca-se como "testemunha" do que chama de "história". Em entrevista, disse quanto a sua especialização em reportagens no chamado Terceiro Mundo: "Nesses países do Terceiro Mundo, você pode ver como as pessoas estão *fazendo a história*, com todos os erros, dramas e lutas. É um tipo de *história* que você quase pode *tocar*, fisicamente"[10] [grifos meus].

História aqui é o processo, é performance. E isso, veremos, é uma das principais características, em termos de temporalidade, do *événement*. A história vivida como corpo.

Outros dois livros falam de um acontecimento importante deste século, a guerra do Líbano. Estes exemplos estão sendo tomados para não restringirmos a noção de *événement* a um acontecimento de caráter pontual, aliás, veremos que a queda do Muro de Berlim teve uma data específica (mas não única!).

Os livros são: *Inshallah – Como Deus quiser*[11], da correspondente de guerra italiana (no Líbano, Irã, Paquistão), Oriana Fallaci, e *De Beirute a Jerusalém*[12], do correspondente no Líbano e em Israel, pela United Press International, e depois pelo *The New York Times*, Thomas L. Friedman.

Inshallah é um romance de onde emergem partes de relatos jornalístico-históricos, por exemplo, o massacre de palestinos nos

---

9. Ryszard Kapuscinski, *Imperium*, São Paulo, Companhia das Letras, 1994.
10. Bernardo Carvalho, "Polonês Arrisca Vida por Nova Literatura", *Folha de S. Paulo*, Ilustrada, 20.06.94.
11. Oriana Fallaci, *Inshallah...*, São Paulo, Best Seller, 1991.
12. Thomas Friedman, *De Beirute a Jerusalém*, Rio de Janeiro, Bertrand Brasil, 1991.

campos de Sabra e Chatila, por libaneses maronitas em acordo com israelenses. Os acontecimentos, lugares e a guerra são "verdadeiros", embora os personagens sejam "fictícios". É interessante que a própria autora, em entrevista ao *El País*[13], não saiba explicar o sucesso do livro pelo mundo todo. São suas as palavras:

Também não escrevo livros fáceis ou alegres. Em resumo, eles têm tudo para vender pouco e para não ultrapassar o limite da língua em que foram escritos. *Mas acho que as pessoas se identificam com o que escrevo*, não importa a nacionalidade, o sexo ou a idade delas [grifos meus].

De Beirute a Jerusalém, publicado nos Estados Unidos em 1989, recebeu em 1990 o National Book Award, como o melhor não-ficcional. O livro toma por base a guerra civil libanesa, embora trace um painel mais amplo dos conflitos étnicos, políticos, culturais e religiosos no Oriente Médio. A análise do autor, embora quase sempre de caráter jornalístico, é baseada no testemunho e conta também com dados do imaginário local, seus ditados e lendas.

É interessante que, em uma resenha[14] sobre o livro, é apontada como "limitação" sua "desatualização" devido à "velocidade dos fatos [que] desafia a documentação". Assim, é dado como exemplo: "alguns líderes citados, como Abu Iyad e Danny Chamoun, foram assassinados desde a publicação do livro, e o Iêmen do Sul unificou-se com o do Norte em 1989...".

Mas, a partir de onde está sendo vista uma "limitação"? Creio que aqui entra a importante questão da data (ver cap. III) e a desatualização se dá apenas no plano da cronologia dos fatos e não compromete a validade da obra.

Procuramos justificar, com exemplos práticos, esse processo de presentificação histórica, dentro do qual se insere a importância do estudo dos *événements*.

---

13. Em tradução pela *Revista da Folha*, 9 ago. 1992.
14. David Cohen, "Jornalista Traça Painel dos Conflitos no Oriente", *Folha de S. Paulo*, Ilustrada, 23.02.91, 6-3.

II

Uma Breve Discussão da Conceituação de *Événement*

9 de novembro de 1989: à noite, Günther Schabowski, membro do Politburo da Alemanha Oriental, anuncia na rádio que, a partir daquele momento, os alemães orientais tinham trânsito livre para a Alemanha Ocidental. É a abertura do Muro de Berlim, mais conhecida por "queda" do Muro. Ainda de madrugada, milhares de alemães correm para atravessar as fronteiras que por quase três décadas dividiram um país.

Qual imagem guardamos desse *événement* em nossa memória? Com certeza, não aquela do Muro sendo destruído aos poucos, cada fronteira abrindo em datas diferentes. Guardamos a da porta de Brandenburgo (aberta muitos dias depois) e do Muro a sua volta, com milhares de pessoas, em cima e dos lados, estourando garrafas de champanhe. Algo parecido a uma comemoração de final de ano antecipado.

Qual *événement*? O das garrafas de champanhe e abraços emocionados? O do fim da Guerra Fria e da derrocada do comunismo? O da "união" de um povo separado artificialmente? O "criado" pela mídia, talvez, como diz Nora (ver adiante), como *événement monstre*?

Afinal, ruptura, algo inédito, uma revolução sem sangue (em contraposição ao massacre ocorrido meses antes na Praça da Paz

Celestial, na China)? Ou apenas o reflexo de um fenômeno muito maior, o do desmoronamento da União Soviética e do sistema comunista? Não pretendemos abarcar aqui todas as implicações que tal debate traz. Vamos discutir apenas algumas das idéias que consideramos mais relevantes para o campo da história e das ciências humanas de modo geral.

O Retorno do Événement

A reabilitação do *événement* na ciência deveu-se em grande parte à física de partículas, física quântica, na medida em que elemento e evento tornaram-se, segundo Morin, duas noções ambíguas complementares.

Todo elemento pode ser considerado *événement*, se visto como *atualização*, isto é, em função de seu aparecimento e desaparecimento, assim como em função de sua singularidade. Então, segundo Morin, não há elemento "puro", já que ele está sempre ligado ao tempo. Mas também não existe *événement* "puro", pois ele se inscreve sempre em um sistema, é parte de um todo.

A natureza histórica do *événement*, ou seja, acidental, improvável, singular e concreta depende do sistema dentro do qual o consideramos. Destaco de Morin: "o mesmo fenômeno é *événement* em um sistema e elemento em outro"[1]. Ele nos dá como exemplo que os mortos de um acidente automobilístico são elementos previstos em algum sistema estatístico-demográfico, mas são também um acidente inesperado, uma catástrofe concreta, para seus familiares.

Mas, o que seria *événement* a partir do contexto da queda do Muro de Berlim? Parece haver uma resposta quando Morin fala a respeito dos *événements* de caráter modificador, "aqueles que resultam de circunstâncias fortuitas [*rencontres*], interações entre um

---

1. E. Morin, "Le retour de l'événement", *Communications*, n. 18, p. 17.

princípio de ordem ou um sistema organizado, de um lado, e um outro princípio de ordem, outro sistema organizado ou uma perturbação de origem qualquer, de outro"[2].

As conseqüências de tais *événements* vão, segundo o autor, desde destruições, mudanças, associações, simbioses, até mutações, regressões, progressões e desenvolvimentos os mais diversos.

A partir dessa noção de *événement*, Morin propõe a busca de uma "ciência do devir" e a possibilidade de teorizar a história, já que as mudanças passam a ser vistas como indissociáveis de uma relação sistema-evento. Não há mais disjunção entre estruturas e sistemas, de um lado, e *événements* (segundo Morin: "ruído", improbabilidade, individualidade e contingência), de outro.

A noção base dessa nova "ciência do devir" seria a de evolução:

A evolução pode ser considerada não apenas como o produto de dialéticas entre princípios de organização e processos desordenados, mas também como o produto da dialética entre sistemas e *événements* que, a partir do momento quando se constituem os sistemas nutrindo-se de energia (sistemas vivos), faz aparecer as possibilidades de regressão e aquelas de desenvolvimento[3].

Morin acredita que a atuação de *événements* nos sistemas pode gerar "unidades superiores", talvez, no sentido de manutenção de um sistema. Ele acredita, ainda, que no futuro poderemos ter uma "teoria", uma "ciência do devir", uma espécie de controle sobre o casual. Ele diz:

É *a tendência organizadora de um grande conjunto complexo que pode eventualmente aproveitar do acidental para criar uma unidade superior (e que não pode fazê-lo sem o acidental)* que constitui o fenômeno perturbador, crucial, capital do qual deve-se tentar a teoria[4].

---

2. *Idem, ibidem.*
3. *Idem,* p. 18.
4. *Idem,* p. 17, grifos do autor.

Segundo Morin, com o ser humano, a evolução se transforma em história, no sentido de que os *événements* se multiplicam e atuam nos sistemas sociais. Na medida em que a vida e a morte de etnias, nações, impérios escapam à lei estatística, o papel do *événement* na história parece fundamental. É o caso das guerras que, na maior parte das vezes, carregam o fator aleatório como preponderante.

Os *événements* não precisam, necessariamente, se apresentar como rupturas, mas podem aparecer como *agentes modificadores* do sistema em evolução permanente. Por isso, Morin vê a história como "dimensão constitutiva permanente da humanidade" e "ciência mais apta a apreender a dialética do sistema e do *événement*"[5].

Enfim, para Morin, o grande problema antropológico-histórico é conceber a história como uma combinação entre processos "autogerativos" e "heterogerativos". Os sistemas sociais complexos seriam geradores de *événements*, processos autogerativos "a meio caminho entre o desenvolvimento embriogenético (onde as catástrofes são *provocadas* e *controladas*, isto é, *programadas*) e os desenvolvimentos acidentais entregues aos encontros fortuitos entre sistemas e *événements* (mutações)[6]".

Daí a proposta da possibilidade de uma teoria do devir:

[...] a evolução [...] não é somente progressão (desenvolvimento), mas também regressão e destruição. Ela carrega em si a *catástrofe* como força não somente de destruição mas de criação. A *teoria* da evolução, isto é, do devir [...] é uma teoria da improbabilidade, na medida em que os *événements* têm aqui um papel indispensável[7].

O Événement *Esfinge*

Esse texto de Morin vem reforçar o dito acima. Ele propõe a não separação entre ordem/desordem, caos/cosmos e sistema/

---

5. *Idem*, p. 13.
6. *Idem, ibidem*, grifos do autor.
7. *Idem*, pp. 18 e 19, grifos do autor.

événement. É na união contraditória deles que se pode situar tanto a transformação quanto a organização da complexidade.

Os *événements* serão estudados em relação aos sistemas auto-organizadores. Assim, eles são os "momentos de passagem de um a outro estado do sistema"[8].

Os sistemas auto-organizadores têm uma propriedade fundamental que é regularizar a relação *événementielle* vital com o meio. Assim, destaca Morin: "*ao caráter aleatório do ecossistema, o sistema tende a responder com o seu próprio determinismo; ao caráter determinista do ecossistema, o sistema tende a responder de modo aleatório (com sua 'liberdade')*"[9].

Mas não é somente o sistema que atua sobre o *événement*. Este também age sobre o sistema, já que Morin considera que, no sentido mais amplo, *événement* é toda a modificação que afeta um sistema dado. E, de modo mais profundo, ele coloca o *événement-rencontre*:

[...] este será o efeito profundo ou durável proveniente de um encontro fortuito (dano, destruição, ou, ao contrário, atração, simbiose) [...] aqui nos referimos a Cournot para quem o acaso é o encontro fortuito de duas séries independentes[10].

Ainda segundo Morin, o próprio sistema auto-organizador está localizado em um campo *événementiel* bipolarizado, mas ele permanece distante dos extremos para manter-se:

[...] de um lado existe aquilo que o dito sistema faz do *événement* (no limite ele o anula); de outro lado há aquilo que o *événement* faz do sistema (no limite ele o destrói). *Entre esses dois limites reina a dialética incerta e evolutiva da vida e a possibilidade de desenvolvimento*[11].

---

8. E. Morin, "L'événement sphinx", *Communications*, n. 18, p. 178.
9. *Idem*, p. 179, grifos do autor.
10. *Idem*, p. 178.
11. *Idem*, p. 180, grifos do autor.

Parece que Morin aceita o *événement* enquanto for passível de ser transformado pelo sistema em elemento desencadeador de mudanças que, em sua maioria, viabilizam esse mesmo sistema. Em compensação, o autor recusa o *événement*-único. Quanto ao primeiro tipo, trata-se de um "sistema auto-organizador que [...] transforma o *événement* ecossistêmico em elemento de execução sistêmica e que, no caso do trauma de desenvolvimento, transforma [...] as *agressões* em *estímulos*"[12]. Ainda para esse mesmo tipo de *événement*, a aprendizagem é apresentada como tendo a tarefa de fazer o *événement* significar: "a aprendizagem consiste [...] em transformar o *événement*-ruído em *événement*-sinal, até mesmo em *événement*-signo..."[13].

Quanto ao *événement*-único, o autor nos diz que a aprendizagem não consegue apreendê-lo, já que ele oscila entre o "tudo" e o "nada", entre a "lembrança indestrutível e o esquecimento", entre "a significação absoluta e o sem sentido". A aprendizagem não alcança nem o dispositivo programado geneticamente (que não aprende) e nem os *événements*-únicos, singulares e solitários "que não podem ser transformados em sinais ou signos, devido à falta de repetição (e que a humanidade vai interpretar como signos mágicos, divinos)"[14].

Os *événements*-transformadores são aqueles que interagem com o sistema. O que modifica um sistema, segundo Morin, é a alteração de seu "dispositivo gerativo". O gerativo é constituído pelo sistema organizacional-reprodutor, que contém a informação do sistema e permite sua conservação e reprodução. O que modifica esse dispositivo é aquilo que o desorganiza. Dentro de uma perspectiva de "mensagem-programa", o que desorganiza a informação é o ruído.

O *événement* que atinge a parte gerativa do sistema é o *événement*-diacrônico, diacronia como tempo de mudança, de agressão, de

---

12. *Idem*, p. 182, grifos do autor.
13. *Idem*, p. 183.
14. *Idem*, p. 184.

novidade. A *crise* é o tipo de acidente, para Morin, que seguida ou não de transformação, pode nos esclarecer sobre os processos de desorganização-reorganização-mudança.

Segundo Morin, "*a evolução, proveniente de événements exteriores, que perturbam os dispositivos gerativos dos sistemas, conduz a sistemas extremamente complexos (sociedades humanas) integrando e produzindo neles (nos desvios individuais, nas desordens e conflitos sociais) os événements evolutivos*"[15].

O interessante é que, dentro desse contexto, não é o "ruído", o "erro" que, no caso da mutação, provoca o progresso, mas é, sim, a *incorreta* correção do erro. Assim, uma informação, ao ser afetada pelo ruído, produz uma nova mensagem que substitui a antiga. Em outras palavras: "*é toda a dialética complexa desencadeada pela perturbação. [...] É a criação que vem da relação tornada uma ordem-desordem caótica*"[16].

Desse modo, segundo Morin, o próprio tempo é um movimento a caminho da desordem que, na sua desordem, e através da agitação, é criador de ordem.

A história já trabalha com a relação sistema-*événement*. O primeiro momento foi, segundo Morin, a história anti-*événementielle*, que descobriu o sistema (Marc Bloch, Lucien Febvre, Fernand Braudel), a história de longa duração. O segundo momento é a redescoberta do *événement* em sua relação sistêmica (Baechler, Le Roy Ladurie).

Dentro dessa perspectiva histórica é importante falarmos sobre a temporalidade. Segundo Morin, a ciência dos sistemas é uma ciência sincrônica. Ela se situa no tempo de curta duração (*petit temps*), no tempo dos ciclos e da repetição. Mas, os sistemas auto-organizadores aptos a evoluírem (espécies vivas, sociedades humanas), evoluem no tempo de longa duração, o tempo diacrônico das desorganizações, rupturas, transformações e criações.

---

15. *Idem*, p. 187, grifos do autor.
16. *Idem*, p. 188, grifos do autor.

O autor critica o que chama de "racionalismo mórbido", a tentativa de reduzir o tempo de longa duração ao de curta duração, de eliminar a diacronia, de querer um mundo fechado. Morin finaliza seu texto ressaltando o papel do *événement* para uma ciência dos sistemas complexos auto-organizadores: *"O événement está no limite onde o racional e o real se comunicam e se separam"*[17]. Ele entende por real algo que resiste ao nosso pensamento e o define com as palavras de Michel Serres: "o aleatório residual do dado permanece nos limites da experimentação, ele funda esses mesmos limites. Como nomeá-lo, senão como o real?"[18]

Algumas observações podem ser feitas a partir dos textos de Morin. Primeiro, quanto à possibilidade de "teorizar a evolução", no sentido de uma teoria do devir, cabe perguntar: o que é admitir o "improvável" como parte dessa "evolução"? Isso não poderia ser visto como uma forma de apropriação do *événement* para justificar a continuidade de um determinado sistema?

Depois, temos o rechaço do *événement*-único porque a falta de repetição impossibilitaria sua transformação em sinais ou signos, a "aprendizagem não o alcançaria". Mas, então, como apreender o caráter de unicidade da queda do Muro de Berlim? Talvez a noção de data possa responder, em parte, a isso (ver cap. III).

Por fim, como ter o "controle" sobre o *événement* enquanto mutação, enquanto aleatoriedade, acaso? Estaria este controle na construção que a mídia faz a partir de acontecimentos de alguma forma considerados relevantes para a sociedade? Questões que, como veremos, se estendem aos outros autores abordados.

Événement *e Longa Duração na História Social*

Emmanuel Le Roy Ladurie aponta em uma historiografia totalizante o desejo de que a história, aos poucos, se tornasse

---

17. *Idem*, p. 192, grifos do autor.
18. *Idem, ibidem.*

"lógica", "inteligível", "previsível". Como seria bom caso "se pudesse, de uma vez por todas, exorcisar o *événement* ou o acaso"[19].

Como isso não é possível, resta ao historiador conformar-se a trabalhar com a modalidade *événementialo-structurale*[20]. Para Ladurie, a passagem aleatória de uma a outra estrutura, a mutação, a presença do *événement*, permanece como problema a ser resolvido pelo historiador:

[...] a partir desta zona [de mutação], fatores muito misteriosos recortam, no campo de possibilidades, superfícies de necessidade cuja evidência se impõe desde que elas afloram, mas que, no instante que precedia sua aparição, eram tanto imprevisíveis quanto inéditas[21].

Seriam os tais "fatores misteriosos" os *événements*? Seriam eles os responsáveis pelo recorte de "superfícies de necessidade", que sem sua interferência não teriam aparecido? Ou os "fatores misteriosos" dependeriam do método heurístico adotado pelo historiador, que a partir de sua prática histórica recorta as tais "superfícies de necessidade" em um campo de possibilidades?

Para Ladurie o *événement* pode ter seu lugar em uma história que se pretende sistemática. Ele comenta, como exemplo dessa tentativa, Paul Bois e seu livro *Paysans de l'Ouest*, onde o *événement* é a chamada *chouannerie*, insurreição camponesa do Oeste francês contra a Revolução de 1789, tomada como *événement-matrice*.

O método de Bois consistiria em ver o *événement* como "catalisador", um disparador que permitiria o surgimento de uma determinada estrutura. Mas também em apreendê-lo dentro do contexto estrutural que dominava em seu tempo:

[...] e a pesquisar dessa estrutura bem certificada, resistente, solidamente estruturada, mas cuja geração permanece envolta em mistérios, o *événement* traumático inicial que catalisou seu surgimento. Tal *événement*

19. E. Le Roy Ladurie, "Événement et longue durée...", *Communications*, n. 18, p. 73.
20. *Idem*, p. 83.
21. *Idem*, p. 74.

devendo ser reinserido nas estruturas que dominavam em seu tempo, claro que tendo-se levado em consideração seu caráter aleatório[22].

Em linhas gerais, Paul Bois aplica o método esboçado acima em oposição a outra tese conhecida (*Tableau politique de la France de l'Ouest*, de André Siegfried), que explica o conservadorismo político do Oeste francês pelas estruturas sociais ou religiosas subjacentes, ou explica o presente pelo presente, como diz Ladurie, o que gera problemas que comprometem a validade da obra.

Paul Bois seguiria um caminho diferente, utilizando um *événement* para explicar a superestrutura cultural atual em relação a uma infraestrutura bem mais antiga. Com isso, Bois faz uma brutal mudança de escala: de uma "macrocronologia" a uma "microhistória" calcada em fatos decisivos: *événements*. Segundo Ladurie, passamos a uma história *événementialo-structurale*.

No estudo de caso considerado, o espírito "Ancien Régime" conservador que caracterizou o período de 1793 a 1799, estendendo-se a 1969, nas províncias do Oeste *sarthois*[23], não era ainda formado em 1789, quando da Revolução:

[...] Houve *événement* em dois sentidos: breve e viva "tomada de consciência" (de 1789 a 1793); depois, guerra subversiva; tragédia de sete anos (1793 a 1799), esta selando de modo irreversível a escolha brutal que os camponeses haviam feito ao fim dos quatro primeiros anos de revolução[24].

Como podemos ver, o *événement* não é apenas algo pontual, como o momento do referendo de 21 de julho de 1793, sobre a aceitação da constituição do ano I, mas se inicia antes (de 1789 a 1793), com a tomada de consciência de classe pelos camponeses ("o *événement* decisivo [...] é a emergência de uma consciência de

---

22. *Idem*, p. 75.
23. *Sarthe*: território da futura circunscrição departamental revolucionária e pós-revolucionária.
24. *Idem*, p. 78.

classe do campesinato"[25]). Passa pelo referendo e continua na guerra de sete anos (1793 a 1799).

Será que podemos ir ainda mais longe e dizer que o *événement* teria permanecido para além de seu "tempo de curta duração", teria instaurado uma mentalidade que perdura até hoje e explicaria, em certa medida, posições políticas conservadoras recentes? É o que Ladurie parece sugerir: "em alguns anos, o *événement* fugidio secretou uma mentalidade duradoura; o tempo de curta duração deu lugar ao tempo de longa duração"[26].

Mas, mesmo o *événement* tendo um tempo de curta duração (e não sendo apenas um instante) há necessidade de o historiador ir *além* dele buscar as bases que permitiram sua ocorrência. Coloca-se a seguinte questão: se o *événement* tem um caráter de ruptura, mutação, como buscar suas "bases anteriores"? A resposta de Ladurie parece-me parcial:

> [...]depois, a partir e além deste *événement*, procurar mais longe ainda, na economia e na sociedade pré-revolucionárias, as bases fundamentais; aquelas que, *sem predeterminar um futuro ainda aberto*, desenhavam por antecipação, desde antes de 89, a "chave", ou o campo de forças, no qual agirão livremente os acasos de 1790-93[27].

Ladurie, ao comentar o livro de Bois, não esclarece exatamente a relação desses "dados de base anteriores" com o *événement*:

> [...] em companhia de Paul Bois, fomos da ideologia atual ao *événement* traumático que a gerou; depois, deste *événement* aos dados de base anteriores que, *se não o determinaram ao menos o coloriram e informaram*; e destes dados retornamos ao *événement*, esclarecidos, a fim de delimitarmos-lhe o alcance[28].

---

25. *Idem, ibidem.*
26. *Idem,* p. 79.
27. *Idem, ibidem,* grifos meus.
28. *Idem,* p. 82, grifos meus.

Para o autor, o *événement* é "catalisador contingente", não tem estrutura própria, mas permite, dentro de um campo de possibilidades, que certas estruturas apareçam e outras não. É o que chama de "transição aleatória" de estrutura à estrutura:

> O autor de *Paysans de l' Ouest* pôde estabelecer assim [...] o papel do *événement* como fator de inovação; e como transição aleatória [...] de estrutura a estrutura; no caso, de infraestrutura passada à superestrutura contemporânea. As *décalages* no tempo, que confundiam todas as análises desprovidas de profundidade histórica, haviam feito fracassar, até Bois, as pesquisas sobre o Oeste [...] Para sair do impasse, foi preciso recorrer a Clio, em sua modalidade *événementialo-structurale*[29].

Por fim, o modelo *événementialo-structurale* citado por Ladurie busca recuperar o *événement* como categoria histórica, mostrando que muitas vezes o modelo da história "estrutural", "total" ou "sistemática" não responde de forma satisfatória aos estudos de caso. Como no exemplo dado, em que a passagem de estrutura à estrutura não se dá de forma direta sem gerar problemas temporais de *gap*, comprometendo a validade de muitos estudos.

Embora o modelo *événementialo-structurale* reconheça a validade do *événement* para a análise histórica, não fica claro, pelo menos neste texto de Ladurie, qual o conceito de *événement* proposto. O que talvez contribua para que não haja respostas satisfatórias para questões importantes da obra de Paul Bois, como apontado pelo próprio Ladurie:

> [...] por que a *chouannerie*, apesar da derrota militar sofrida, foi uma vitória tão formidável no plano da longa duração cultural? Enfim, por que este *événement* e não outro tornou-se, por privilégio único, matriz e motor? Por que e como ele foi bem-sucedido ao se solidificar em estrutura?[30]

---

29. *Idem*, p. 83.
30. *Idem*, p. 82.

A menção ao texto de Ladurie sobre o modelo *événementialostructurale* visa apenas a ilustrar a riqueza do conceito de *événement* para a história como, por exemplo, na tentativa de situar a singularidade, o acaso, dentro de uma perspectiva estrutural da história, algo, como vemos, bastante complexo.

O Événement *Monstro*

Três aspectos são importantes quando Nora fala em *événement*. Primeiro, a idéia deste como ruptura, que as sociedades procuram negar para manter o sistema social razoavelmente equilibrado. Segundo, os desdobramentos do *événement* como não contendo "nada de arbitrário", ou seja, obedecendo a certas regularidades. Terceiro, e talvez o aspecto mais importante para o autor, a idéia do *événement monstre*, produzido pelos meios de comunicação de massa, que "imporiam" o "vivido" como "história", fabricando permanentemente o novo, o sensacional, e acabando, devido à redundância, por anular o *événement* propriamente dito.

Quanto ao *événement* como ruptura, ele tenderia a ser visto como um detonador que acionaria (*déclencher*) fenômenos sociais que sem ele teriam permanecido latentes no plano mental coletivo. Nora parece criticar um pouco isso, dizendo que o historiador do presente tende a fazer um

[...] deslocamento da mensagem narrativa a suas virtualidades imaginárias, espetaculares e parasitárias, [que] tem por efeito sublinhar no *événement* a parte do *non événementiel*. Ou, mais que isso, de fazer do *événement* somente o lugar temporal e neutro da emergência brutal e isolável de um conjunto de fenômenos sociais surgidos das profundezas [do mental coletivo]...[31].

Mas, embora admita a importância de não se desviar da questão da imediaticidade ("A imediaticidade torna o deciframento

---

31. Pierre Nora, "L'événement monstre", *Communications*, n. 18, p. 168.

do *événement*, ao mesmo tempo, mais fácil e mais difícil. Mais fácil porque o *événement* irrompe de uma só vez, mais difícil, porque ele entrega tudo de uma vez"[32]), o autor retorna ao *événement* como "eco", "espelho" da sociedade. Assim, "sua significação está inteiramente presente em sua ressonância; ele é somente um eco [...] da sociedade"[33].

Ainda quanto à questão da ruptura do *événement*, Nora aponta o seu caráter de acidente, acaso, e se aproxima de Morin, ao dizer que o sistema social busca a todo momento integrar esse *événement* e neutralizar quaisquer características que o comprometam.

Nesse sentido, o *événement* é "lugar de projeções sociais e conflitos latentes [...] é como o acaso para Cournot, o encontro fortuito de várias séries causais independentes, um rasgo do tecido social que o próprio sistema tem por função costurar"[34].

As sociedades contemporâneas utilizam um sistema de notícias que tem por objetivo negar o caráter de ruptura dos *événements*. Esse sistema é caracterizado por um estado constante de excesso de informação (*sur-information*) e de escassez de informação (*sous-information*). Aqui, informação é para Nora um "redutor de incertitude" que vem enriquecer um saber já organizado, "reestruturar o quadro preestabelecido no qual vem se inscrever"[35].

Assim, para "exorcizar" o novo há dois modos, segundo Nora:

[...] seja o anulá-lo por um sistema de informação sem informação, seja integrá-lo ao sistema de informação[...].
[...] O segundo modo de anular o novo consiste em trazer o essencial da mensagem narrativa até os limites da redundância, com o risco de dar ao sistema de informação a vocação de se autodestruir: é o nosso modo[36].

32. *Idem*, p. 169.
33. *Idem*, p. 168.
34. *Idem*, p. 170.
35. *Idem*, p. 167.
36. *Idem*, pp. 167 e 168.

Antes de continuar falando de como as sociedades contemporâneas vêm criando *événements monstres* a partir dos procedimentos referidos acima, quero apontar o segundo aspecto do *événement*, que aparece no texto de Nora. Em contraposição ao seu caráter de ruptura, temos que seu "desdobramento" não conteria "nada de arbitrário". Assim, "[...] seu volume, seu ritmo, seus encadeamentos, seu lugar relativo, suas seqüelas e seus saltos obedecem a regularidades que dão aos fenômenos aparentemente mais distantes um parentesco certo e uma morna identidade"[37].

Mais uma vez, Nora coloca que o interesse do historiador não é no *événement* em si, já que sobre sua "criação" ele é "impotente", mas é, sim, no "duplo sistema que se cruza nele, sistema formal e de significação..."[38].

Isso mostra claramente, como também para Ladurie e Morin, que o *événement* será apreendido dentro de uma relação sistêmica, fora da qual não há como situá-lo. Dentro desse quadro, fica a necessidade de tomarmos cuidado com a apropriação indevida do *événement*; ou seja, enredá-lo em relações sistêmicas aparentemente coerentes, anulando seu componente de acaso (fortuito) que mostra justamente o caráter de sistema aberto, em constante mudança, que tem todo e qualquer *événement*.

Outra questão é, justamente, como trabalhar o *événement* em seu caráter de unicidade, dentro do duplo sistema formal e de significação que se cruza nele. Como evitar falsas conexões dessas tais "séries causais independentes"? E, mais que isso, como apreender o *événement* a partir de seu processo, isto é, não apenas em um plano mais formal, estrutural, mas em seu caráter de performance?

O próprio Nora diz que o historiador do presente "faz surgir conscientemente o passado no presente, ao invés de fazer inconscientemente surgir o presente no passado"[39]. Pois bem, com isso

---

37. *Idem*, p. 170.
38. *Idem, ibidem*.
39. *Idem*, p. 171.

evita-se o anacronismo, mas essa "consciência" de fazer o passado aparecer no presente não pode ser também uma apropriação "inconsciente" que mantém do *événement* aquilo que não prejudica um determinado sistema? Algo a se pensar. Como também precisamos refletir sobre o terceiro aspecto do *événement* apontado por Nora: a idéia de *événement monstre* fabricado pelos meios de comunicação de massa.

Saímos da noção do *événement* como algo que ocorre sem termos controle, ou como algo trabalhado no nível sistêmico, no cruzamento de séries causais independentes e que se encontram de repente, para algo preponderantemente construído, "incidentes que se transformam em *événements*"[40], graças a uma mídia que restitui aos acontecimentos sua presença imediata e os oferece como espetáculo à sociedade, como *événement*.

Nesse construir há uma seleção, ou seja, *événement* nesse sentido revela um caráter redutor. Por exemplo, Nora fala que a guerra da Argélia "*não pertence por inteiro* à imprensa, mas somente os episódios particulares..."[41]. Há manipulação da realidade, mas há também algo maior que é uma "promoção do imediato ao histórico e do vivido ao legendário"[42]. Mas, por que os meios de comunicação de massa fizeram da história uma agressão e criaram o *événement monstre*?

[...] porque a redundância intrínseca do sistema tende a produzir o sensacional, a fabricar permanentemente o novo [...]. Não que ele os crie artificialmente [...] A informação [...] assegura aos meios de comunicação uma apreensão crescente do *événement*. Mas o sistema de detecção que os meios de comunicação constituem somente favorece a eclosão de *événements* massivos, estes vulcões da atualidade que produziram aqui, recentemente, *événements monstres*, como a guerra dos Seis Dias, Maio de 68, a morte do general de Gaulle, a chegada à Lua dos norte-americanos, que se repetem e se repetirão, de modo verossímil,

40. *Idem*, p. 164.
41. *Idem*, p. 163, grifos meus.
42. *Idem*, p. 164.

cada vez mais. [...] O *événement* se oferece [ao historiador] [...] com toda a força de um dado, antes de sua elaboração, antes do trabalho do tempo [...] os meios de comunicação impõem imediatamente o vivido como história e [...] o presente nos impõe mais o vivido"[43].

Será que os meios de comunicação de massa podem instituir como histórico aquilo que condiz com seu "sistema"de produção de *événements* ou, ao contrário, o próprio *événement*, justamente pelo seu caráter aleatório, inesperado, e por sua importância, determina nos meios de comunicação de massa a sua permanência, a redundância da notícia, sua propagação e tudo o mais?

Afinal, o próprio Nora nos diz: "o *événement* se destaca pela sua importância, a novidade da mensagem..."[44].

O *événement* pertence aos meios de comunicação de massa e escapa deles, ao mesmo tempo. Ele se dá na esfera pública e

[...] é visto se desenrolando (*se faisant*) e este "voyeurismo" dá à atualidade, ao mesmo tempo, sua especificidade em relação à história e seu ar já histórico. De onde essa impressão de jogo mais verdadeiro do que a realidade, de divertimento dramático, de festa que a sociedade dá a si mesma pelo grande *événement*. Todo mundo tem parte nisso e ninguém [...] Esse *événement* sem historiador é feito da participação afetiva das massas, o único meio que elas têm de participar da vida pública: participação exigente e alienada, [...] múltipla e distante [...] autônoma e teleguiada, como aquela impalpável realidade da vida contemporânea que chamamos de opinião[45].

Vemos que o caráter de processo do *événement* é mais uma vez destacado. Ele não é "em si", mas em seu caráter performático, é "festa", de caráter dramático, da sociedade para si mesma, daí ser "espelho" desta.

43. *Idem, ibidem.*
44. *Idem*, p. 165.
45. *Idem*, p. 166.

Como vimos acima, Nora diz que o *événement* se oferece ao historiador "com toda a força de um dado", antes de sua elaboração, antes do trabalho do tempo. Mas, afinal, qual o trabalho do tempo? O da espera de alguns anos de distanciamento para podermos tomar o *événement* retrospectivamente, em termos "históricos"? Mas, talvez, a elaboração do tempo imediato deva, justamente, pôr em relevo seu caráter de sistema aberto, de movimento.

As temporalidades presentes nos *événements* se multiplicam: a da crise, a do desastre, a da festa, a dos vestígios e outras, onde o vivido, com a força de seu caráter performático, invade o domínio do sistêmico, impondo movimento ao que se quer estrutural.

Como contraponto ao *événement* visto de uma perspectiva sistêmica mais formalizada, como acabamos de ver, tomaremos as idéias do historiador Paul Veyne, em sua obra fundamental *Como se escreve a história – ensaio de epistemologia*[46].

Para ele, a história, que "não progride, se alarga", jamais será confundida com a ciência, pois pertence a outro domínio que não o da *episteme*, mas o da *doxa* e do sublunar. Como veremos, para Veyne a história não é ciência, mas temos que destacar que ela possui seu próprio território, o qual comporta grande mobilidade, porém, sempre se norteando pela práxis singular do ofício de historiador.

Assim, a tentativa de teorizar a história, de haver uma "ciência do devir", como propõe Morin, seria impensável, se considerarmos as diferenças básicas entre ciência e história.

Enquanto a primeira busca o rigor, a segunda busca a verdade, no sentido de algo que ocorreu, em um determinado instante:

[...] A história somente busca a verdade, no que ela não é ciência, que busca o rigor [...] não é suficiente que a realidade de um fenômeno deste campo [de fenômenos físicos] seja reconhecida para que o fenô-

---

46. Paul Veyne, *Comment on écrit l'histoire – essai d'épistemologie*, Paris, Seuil, 1971.

meno entre *ipso facto* no *corpus* da física, salvo a título de problema; o que, ao contrário, seria plenamente suficiente para um fato histórico[47].

Não que a ciência não busque também uma verdade, mas são verdades diferentes:

> [...] Resulta disso que a verdade histórica é muito diferente da verdade científica: ambas são provisórias, mas não da mesma maneira [...] A ciência é inacabada porque ela jamais totaliza e a história é inacabada porque suas totalidades estão sujeitas à revisão por erro ou omissão[48].

Nenhum *événement* é uma totalidade. Ele é apreendido por traços, como diz Veyne. Por isso, é sempre passível de revisão. Assim, "em nenhum caso, aquilo que os historiadores chamam de *événement* é apreendido direta e inteiramente; é sempre incompleta e lateralmente, a partir de documentos ou testemunhos, digamos, a partir de *tekmeria*, traços"[49].

O *événement* não deve servir de justificativa para a descoberta de leis: "Se tomamos o fato por *événement*, é que o julgamos interessante em si mesmo; se nos interessamos pelo seu caráter repetitivo, ele é somente um pretexto para se descobrir uma lei"[50].

O que não quer dizer que ele exista por si mesmo, como algo separado do mundo:

> [...] Não há *événement* em si mesmo, mas em relação a uma concepção do homem eterno. [...] O historiador [...] dirá ao seu leitor somente o necessário para que este possa se representar esta civilização a partir daquilo que passa por verdadeiro. [...] A infelicidade é que as verdades primeiras têm uma tendência desagradável de substituírem as verdades verdadeiras; se ignoramos que nossas concepções [...] não

---

47. *Idem*, p. 24.
48. *Idem*, p. 310.
49. *Idem*, p. 14.
50. *Idem*, p. 13.

são eternas, não teremos a idéia de interrogar os documentos sobre suas questões [...] não entenderemos nem ao menos aquilo que nos dizem[51].

Agora, o documento não deve ser tomado em si, como sendo o próprio *événement*, pois este último se dá no discurso:

Na essência, a história é conhecimento pelos documentos. Também a narração histórica se coloca para além de todos os documentos, já que nenhum deles pode ser o *événement* [...] para retomar a útil distinção de G.Genette, ela é *diegesis* e não *mimesis*[52].

Também o testemunho, segundo Veyne, não é em si o *événement*, de forma direta:

[...] Quanto ao *événement* [...] ele é uma escolha daquilo que as testemunhas viram, uma escolha crítica. [...] O historiador recorta nos testemunhos e documentos o *événement* tal e qual ele o quer; daí porque jamais um *événement* coincide com o *cogito* de seus atores e testemunhos[53].

Não só o historiador "refaz" o documento e o testemunho, como o próprio testemunho é ultrapassado pelos acontecimentos em si, principalmente, porque os acontecimentos mais importantes costumam apresentar um caráter de crise:

Nas crises históricas, os atores [...] se sentem ultrapassados pelo que vêem e pelo que eles se vêem na iminência de realizar; se eles não são confundidos por explicações oficiais dadas ou que eles se dão, não lhes resta mais do que o espanto, após o *événement*, de terem sido colocados em tal situação: mais freqüentemente, eles crêem em tudo aquilo que falam e aquilo que proclamam seus teólogos; esta versão, amiga da memória, torna-se a verdade histórica de amanhã[54].

51. *Idem*, p. 16.
52. *Idem*, p. 15.
53. *Idem*, p. 55.
54. *Idem*, p. 231.

Então, embora um se ligue ao outro, documento e *événement* não podem se confundir. Pode-se definir o documento como sendo "todo *événement* que deixou até nós um traço material"[55] e *événement* como "a encruzilhada de um número inesgotável de tramas possíveis"[56].

Aqui temos que a estrutura do "campo *événementiel*" é algo móvel, que se reconfigura conforme um "itinerário" assumido: "o campo *événementiel* não comporta *sites* que iríamos visitar e que se chamariam *événements*: um *événement* não é um ser, mas um cruzamento de itinerários possíveis"[57]. Assim, "o mesmo 'fato' que é causa profunda em um dado itinerário, será incidente ou detalhe em outro"[58].

A ligação do *événement* com a noção de sistema se dá, para Veyne, a partir das tramas e não de um rigor científico, como quer Morin. Desse modo, "o campo dos *événements* é um entrecruzamento de séries" e "um *événement* só tem sentido dentro de uma série, o número das séries é indefinido, elas não se dão de forma hierárquica e veremos que elas não convergem para um geometral"[59].

O que é, então, a "colocação em série"(*mise en série*) para Veyne? É um método que consiste em "... recolher, para interpretar um fato, o maior número possível de ocorrências deste fato: recolher todos os empregos de uma palavra dada nos textos conservados ou todos os exemplos de um costume ..."[60].

Com esse método, o historiador dá ao seu leitor a noção de um mundo familiar, ele dá "... ao vivido sua fisionomia cotidiana e à historiografia seu cunho de autenticidade..."[61].

55. *Idem*, p. 66.
56. *Idem, ibidem*.
57. *Idem*, p. 51.
58. *Idem, ibidem*.
59. *Idem*, p. 38.
60. *Idem*, p. 209.
61. *Idem, ibidem*.

É nesse contexto de "...recriar a banalidade cotidiana do passado..."[62] que surge o *événement* que, só é aquilo que é, porque foge às normas da época recriada pelo historiador. Assim, "... um objeto inesperado romperá esta tipologia, onde ele não entra em série [...] se ele não entra em série, ele será, além disso, afetado por um sentimento característico de anormalidade..."[63].

Então, diante disso, o historiador buscará "recriar a normalidade", porque romper com isso retiraria do relato seu caráter histórico, aproximando-o do fantástico, do inusitado e do improvável. Esse caráter de banalidade cotidiana, normalidade costumeira, gera, segundo Veyne, uma "semi-ilusão" de que o homem contemporâneo pode se colocar no lugar de um outro homem de outra época. A idéia é dupla, no sentido de que "... sabemos, obscura ou expressamente, que o sentido da normalidade tem o mesmo papel na visão de nossos semelhantes e na nossa; o que, ao contrário, nenhuma introspecção e compreensão nos permitirá saber, é qual é essa normalidade para um dado período"[64].

Estando ligadas à noção de intriga, "causas" históricas seriam tão somente "...os diversos episódios da trama"[65]. Elas não existem por si, mas no discurso; "... o historiador não encadeia causas cujo encontro produziria um efeito, ele desenvolve um discurso cujos episódios se sucedem e cujos atores e fatores articulam seus atos..."[66]

Então, seria melhor separarmos o *événement* no seu sentido histórico (de causas inseridas em um contexto de construção de tramas) do *événement* enquanto acontecimento (de causas de outra natureza)?

A explicação histórica é, segundo Veyne, "... a maneira que o discurso tem de se organizar em uma trama compreensível..."[67] Explicação, portanto, não acarreta atributos científicos, no senti-

62. *Idem*, p. 210.
63. *Idem, ibidem*.
64. *Idem*, p. 211.
65. *Idem*, p. 115.
66. *Idem*, p. 116.
67. *Idem*, p. 111.

do de utilização de sistemas lógico-dedutivos para provar a validade de uma hipótese: "... a história não explica, no sentido de que ela não pode deduzir ou prever (somente o pode um sistema hipotético-dedutivo); suas explicações não remetem a um princípio que tornaria o *événement* inteligível, elas são o sentido que o historiador atribui ao discurso..."[68]

Portanto, o caso exemplar (tipo), em história, é uma escolha: "... o tipo é aquilo que o fazemos ser; é subjetivo, no sentido de Marrou: é aquilo que se escolhe como típico no campo *événementiel*..."[69] Esse estudo do que Veyne chama de "um tipo de *événement*" é o estudo da história comparada e não leva em consideração unidades de tempo ou de lugar:

[...] história comparada [...] designa [...] diferentes procedimentos: recurso à analogia para superar as lacunas de uma documentação, a aproximação com fins heurísticos de fatos tomados de nações e períodos diversos [...] através da história...[70]

O individual aparece como *événement* singularizado no tempo: "[...] mas, o que individualiza os *événements*? Não é [...] sua 'matéria', aquilo que eles são em si mesmos, mas o fato de que eles chegam em um dado momento; a história jamais se repetiria, mesmo se ela tivesse que dizer novamente a mesma coisa..."[71]

A história é lacunar por natureza e, portanto, sua coerência não pode ser apreendida na lógica de uma temporalidade única, na qual cada período seria narrado no mesmo ritmo, com os mesmos detalhes. O historiador "... muda de tempo, de uma página à outra sem avisar, de acordo com o tempo das fontes; todo livro de história é, nesse sentido, um encadeamento de incoerências, e não pode ser de outra forma..."[72]

68. *Idem*, p. 114.
69. *Idem*, p. 49.
70. *Idem*, p. 53.
71. *Idem*, p. 19.
72. *Idem*, p. 28.

O historiador não pode dizer mais do que dizem suas fontes e, nesse sentido, cabe-lhe escrever a história "... com as irregularidades de tempo que são proporcionais à conservação desigual de traços do passado..."[73] Se temos mais traços de um certo período do que de outro, por acaso deveríamos restringir aquele que tem mais detalhes ao essencial, para que, por exemplo, dois séculos sejam recontados segundo um mesmo ritmo? E, se isso fosse razoável, como saber o que é o essencial?

Tomando um exemplo de Veyne:

[...] a história política do século anterior a nossa era é conhecida quase que de mês a mês; daquela do século XX, somente se conhecem as grandes linhas. Se realmente a história se "codificasse" metodicamente segundo "freqüências", a lógica exigiria que os dois séculos fossem narrados no mesmo ritmo; já que não podemos narrar em relação ao século XX o detalhamento dos *événements*, pois o ignoramos, somente nos restaria abreviar o detalhamento do século XIX [...] Não conviria, diríamos, interrogar as fontes sobre os fatos importantes e deixar de lado os inúmeros detalhes? Mas, o que é importante? Não se trata daquilo que é interessante? Quão lamentável seria esta espécie de nivelamento do discurso por baixo, feito em nome da coerência![74]

A temporalidade, no nível histórico, será construída segundo a trama escolhida pelo historiador e ela não segue necessariamente a ordem cronológica: "a trama pode, portanto, ser corte transversal de diferentes ritmos temporais, análise espectral: ela será sempre trama porque será humana, sublunar, porque ela não será um fragmento de determinismo"[75].

Desse modo, quando se fala do conceito de tempo em história, estamos nos referindo àquele de:

[...] processo inteligível (diríamos: àquele de trama); mas estes processos são em número indefinido, porque é o pensamento que os

---

73. *Idem*, p. 29.
74. *Idem*, p. 28.
75. *Idem*, p. 46.

recorta, o que contradiz a sucessão cronológica em uma só direção. O tempo [...] é somente um meio onde se desenvolvem, em liberdade, tramas históricas[76].

E, onde entra a noção de acaso nessa abordagem da história? Ela está relacionada às noções de causa profunda e superficial. Em primeiro lugar, o acaso em história corresponde, segundo Veyne, à definição que Poincaré dá aos fenômenos aleatórios: "são mecanismos cujos resultados podem ser completamente revertidos por variações imperceptíveis nas condições iniciais"[77]. Segundo Veyne, um acaso será tanto mais superficial quanto mais for improvável. Nesse sentido, causas superficiais são as causas mais "eficazes", aquelas nas quais "a desproporção entre seu efeito e seu custo for maior"[78]. Por comportar as tais causas superficiais, a história é estratégica, ela é "uma sucessão de batalhas que têm vários dispositivos diferentes e são conjunturas singulares"[79]. Ou seja, não há regras de ação ou estratégias pré-fabricadas para situações de tipos exemplares (*typiques*). Não há "receitas táticas" a se extrair do passado, diz Veyne.

A noção de causa, seja ela superficial ou profunda, foge de um processo objetivo, senão deixa de ser causa para se transformar em lei e suas equações:

[...] é uma ficção pretender que todas as causas tenham o mesmo valor [...] Elas teriam todas a mesma importância em um processo objetivo e abstrato [...] mas, então, não falaríamos mais de causas, colocaríamos apenas leis e suas equações, variáveis das quais dependeria o desconhecido, e parâmetros que seriam os dados do problema[80].

76. *Idem*, p. 84.
77. *Idem*, p. 130.
78. *Idem*, p. 127.
79. *Idem*, p. 129.
80. *Idem*, p. 127.

As causas profundas, por sua vez, seriam, segundo Veyne, aquelas que somente aparecem ao final de um esforço de explicitação; que são globalizantes, ou seja, resumem em uma palavra toda uma trama. A diferença entre causa profunda e superficial é que: "as causas profundas decidem aquilo que chega e as causas superficiais decidem se aquilo chegará ou não"[81].

Portanto, não há um domínio das "causas superficiais", mas uma construção discursiva a partir delas. A trama escolhida não deve contradizer os conceitos utilizados pelo historiador, mas o *devir* os contradiz, já que todas as coisas estão em constante movimento, em processo, e o discurso histórico pertence a esse mundo sublunar, de vivências:

[...] segundo o ensinamento de Platão, não se pode ter conhecimento do devir como puro devir; somente podemos pensá-lo a partir de marcas apreendidas no ser. De onde os infortúnios do historiador: o conhecimento histórico é conhecimento do concreto, que é devir e interação, mas ele tem a necessidade de conceitos; mas o ser e a identidade só existem por abstração. Consideremos, como exemplo, a história da loucura pelos tempos. Os etnógrafos perceberam que, de uma a outra população, os estados psíquicos que são tratados como loucura, ou melhor, a maneira de os tratar, variava: a mesma psicose [...] era demência, inocência camponesa ou delírio sagrado [...] eles reconheceram, enfim, que "a" loucura em questão não existia e que era por convenção que se estabelecia uma continuidade de identidade entre suas formas históricas [...]; todos os seres históricos, sem exceção, psicoses, nações, classes, religiões, homens e animais, mudam em um mundo que se transforma e cada ser pode mudar os outros e reciprocamente, porque o concreto é devir e interação[82].

Eis a dificuldade histórica, ela precisa de conceitos e eles são móveis, pois são sublunares. Nesse sentido, têm vida curta e precisam ser remodelados constantemente:

81. *Idem*, p. 129.
82. *Idem*, p. 171.

O conceito é um obstáculo do conhecimento histórico, porque este conhecimento é descritivo; a história não tem necessidade de princípios explicativos, mas de palavras para dizer como eram as coisas. Mas as coisas mudam mais rapidamente do que as palavras [...] Compreendemos com que olhos devemos olhar um livro de história: devemos olhar nele o terreno de um combate entre uma verdade sempre mutante e conceitos sempre anacrônicos; conceitos e categorias devem ser remodelados sem cessar, não devem ter nenhuma forma prefixada, devem se modelar de acordo com a realidade de seu objeto em cada civilização[83].

A história, para Veyne, não progride, se alarga. Ele não vê a possibilidade de uma "ciência do devir", como propõe Morin. O progresso em história está em colocar cada vez mais longe a narração do chamado *non-événementiel*,

... o *non-événementiel* são os *événements* ainda não proclamados como tais: história dos territórios, das mentalidades, da loucura [...] Chamaremos, portanto, de *non-événementiel* a historicidade da qual não temos consciência como tal...[84].

Assim, progresso em história é o alongamento do questionário, já que a história não tem uma articulação natural:

[...] o único progresso possível da história é o alargamento de sua visão e sua percepção mais fina da originalidade dos *événements* [...] fora desse aumento de um tesouro de experiência, todo o resto são avatares de convenções do gênero, moda ou oportunidade heurística. A história [...] não perde o terreno que já conquistou à medida que avança [...] a física newtoniana e a economia marxista estão ultrapassadas, mas a maneira que Tucídides ou Godefroy tinham de escrever a história é sempre atual...[85]

83. *Idem*, pp. 171 e 172.
84. *Idem*, p. 31.
85. *Idem*, p. 271.

A história é, enfim, um sistema aberto: "As causas as mais diversas tomam, alternadamente, a liderança; resulta disso que a história não tem um sentido e nem ciclos; ela é um sistema aberto..."[86]

E esse sistema aberto é o que Veyne chama de história completa:

[...]uma história que conseguiu se desprender do *continuum*, que se dá uma inteira liberdade de escolha da trama e para a qual as unidades de tempo e espaço, história de um século ou de um povo, não são mais do que um recorte possível, entre outros[87].

---

86. *Idem*, p. 317.
87. *Idem*, pp. 335 e 336.

III
ALGUMAS TEMPORALIDADES DO *ÉVÉNEMENT*

Falar de *événement* é falar de temporalidades diversas. Corte, processo, acaso, atualização, performance, presentidade, data, escrita, crise, devir, momento oportuno...
E três noções temporais, por serem bastante abrangentes e pertinentes ao nosso estudo, serão comentadas em seguida. São elas: a noção de *kairos*, palavra grega de riquíssima significação. Indica, entre outras coisas, o "momento oportuno", sentido de "ocasião"; o "perigo", momento de "crise", corte e abertura, ponto vulnerável; *poros*, isto é, "passagem".
Depois, temos a noção de *devir*, tão comentada, desde os tempos de Heráclito até nossos dias. Aqui, buscamos uma alternativa para a separação entre *ser* e *devir*, a possibilidade de percebermos a permanência do ser no devir. Interpretação importante para noções como "performance" e "presentidade".
Enfim, chegamos à questão da *data* como possibilidade de acesso ao *événement*, ao romper com sua característica de unicidade. Partiremos, para isso, da pergunta proposta por Jacques Derrida, em sua obra *Schibboleth*[1], de como datar aquilo que não se repete.

---
1. Jacques Derrida, *Schibboleth – Pour Paul Celan*, p. 13.

Kairos – é Chegada a Hora

Não coloque todos teus bens no fundo de uma embarcação vazia; deixe em terra a maior parte e embarque apenas o mínimo necessário. É penoso deparar-se, de repente, com um desastre em meio às ondas do mar. Seria sobretudo difícil, por ter imposto à sua carroça uma carga muito pesada, ver subitamente o eixo quebrado e a carga perdida. Observe a medida: a *oportunidade* é, em tudo, a qualidade suprema[2].

Feliz aquele que jamais deixa escapar o *momento oportuno*, sabe reinar sobre os mais nobres sentimentos[3]!

Quando se observa a *oportunidade* em suas palavras e se sabe concentrar em poucas palavras muita substância, está-se menos exposto à censura dos homens[4]...

Nos fragmentos acima, temos o sentido de kairos como "momento oportuno". Em Hesíodo, ele está diretamente relacionado com "medida", saber avaliar uma situação para dela tirar o melhor proveito. Ora, esse reconhecimento depende da *apreensão* do momento, algo próximo a uma certa *intuição*, pois que surpresas podem ocorrer a qualquer instante, acontecimentos imprevistos, às vezes próximos da catástrofe e, sempre, revelando crises (no sentido que Morin propõe, crise como "tipo de acidente que, seguido ou não de transformação, pode nos esclarecer sobre os processos de desorganização-reorganização-mudança [nos sistemas]"[5]).

Sentir a chegada do momento oportuno também no tecer do discurso, como vemos em Píndaro, algo que está bastante desenvolvido na retórica, principalmente a partir do sofista Górgias. Mas, visualizar uma oportunidade é encontrar uma brecha, uma

---

2. Hesiode, *Les Travaux et les Jours*, p. 111, vv. 688-694, grifo meu.
3. Pindare, "VIII Néméenne", em *Néméennes*, I/4-5, grifos meus.
4. Pindare, "Première Pythique", em *Pythiques*, V/81-83, grifo meu.
5. E. Morin, "L'événement-sphinx", *Communications*, p. 187.

passagem (*kairos* = *poros*) para atingir um alvo (*kairos* = marca, alvo). Esse sentido aparece também, segundo R. B. Onians, em Eurípedes que "fala de homens 'apontando o arco para além de *kairos*'. É claro que kairos significa algo como 'marca, alvo'"[6].

Ainda nesse sentido, segundo Onians, aparece em Píndaro, Ésquilo e outros, kairos como "aquilo para o que se aponta". Segundo W. S. Barrett (e Onians concorda com isso), o sentido de kairos como "momento oportuno" (*right time*) não é original e, no século V a.C. é "apenas uma aplicação entre muitas"[7]. De acordo com Barrett, naquele mesmo século, kairos tem uma gama de significados "reduzível a 'o que é próprio, apropriado, correto'". Mas, essa significação derivaria de algo mais específico, talvez, "originariamente, um 'lugar certo' em termos espaciais"[8].

Homero, segundo Barrett, não usava o substantivo, mas o adjetivo de kairos, no contexto de ferimento em partes vitais do corpo, o "lugar certo de atingir"[9]. Onians também destaca esse sentido que Homero deu à palavra como substantivo:

As referências de Homero a kairos [...] descrevem o lugar no corpo onde a arma poderia penetrar a vida em seu âmago [...] Ele [esse uso] mostra que o significado essencial de kairos não era "alvo", "objetivo" [...] kairos descrevia *onde* uma arma poderia penetrar fatalmente e descrevia, também, aquilo para o qual os arqueiros apontavam na prática[10].

Também é muito interessante a referência ao sentido de "passagem" que kairos contém e que Onians comenta em Homero:

Para o que Ulisses apontava em outras ocasiões? Para uma [...] abertura, passagem através do ferro [...] de doze machados distribuídos a certos intervalos, em uma linha reta. Para tomar fortificações [...]

6. R. B. Onians, "Kairos", em *The Origins of European Thought*, p. 343.
7. Euripides, *Hippolytos*, comentários de Barrett aos versos 386-387, p. 231.
8. *Idem, ibidem.*
9. *Idem, ibidem.*
10. R. B. Onians, *op. cit.*, p. 344, grifo meu.

o arqueiro grego antigo praticava ao apontar para uma abertura ou séries de aberturas. Neste caso, ele precisava apontar não apenas corretamente, mas com força, ou sua flecha, apesar de entrar, não penetraria o alvo[11].

Ulisses, em sua morada, alinhava doze machados, de quilha; depois, a uma boa distância, ele se colocava para lançar sua flecha através de toda a fileira[12]...

"Assim dirá alguém: então, que se abra para mim a terra vasta..." Mas disse, encorajando-o, o louro Menelau: "Ânimo, não amedronte o exército dos aqueus. *Não penetrou a vida o dardo lancinante*"[13].

... Mas Heitor [...] enquanto o nervo se retraía, no ombro, onde a clavícula divide o pescoço do peito, *ponto muito propício*, que com a pedra o golpeou no seu arremesso e rompeu o nervo[14].

... não permitiu que Palas Atena *penetrasse* as vísceras do homem. Soube Ulisses que a *arma* não lhe era fatal[15].

Mas, para o presente trabalho, talvez o mais importante sentido de kairos seja, exatamente, "momento oportuno". Sobre isso, Onians coloca a provável origem comum entre *kairós* e *kaîros*.

Essa última está relacionada à arte da tecelagem, a "arte de levar a trama através da urdidura"[16]. Assim, temos que kaîros

[...] era a urdidura ou algo nela [...] algo a ver com a "divisão de seus fios". É tomado como significando a fileira de cadilhos que separavam os fios da urdidura em ímpares e pares, fazendo nessa última uma abertura triangular, séries de triângulos formando juntas uma passa-

---

11. *Idem*, p. 345.
12. Homer, *L'odyssée*, canto XIX, pp. 91, 573 e ss.
13. Omero, "I Patti Violati e la Rassegna di Agamennone", em *Iliade*, L. IV, vv. 182-185, pp. 124-125, grifos meus.
14. *Idem*, "La Bataglia Interrotta", L. VIII, vv. 324 e ss., pp. 272-273, grifos meus.
15. *Idem*, "Le Gesta do Agamennone", L. XI, vv. 438-439, pp. 382-383, grifos meus.
16. R. B. Onians, *op. cit.*, p. 345.

gem para a trama. Mas esses cadilhos, de acordo com Hesíquio [de Mileto] [tinham outro nome] e *kaîros* descreveria mais naturalmente a abertura em si, o buraco na urdidura [...] Através da abertura, a passagem através da urdidura, estaria o caminho da lançadeira de fios com os fios da trama, assim como o caminho adequado para a flecha era através das séries de aberturas nos machados. A analogia é ainda mais próxima. Fusos nomeados como flechas ou com forma de flechas eram usados como carretéis [...] e o lançamento do carretel ou da lançadeira [*shuttle*], então, através da abertura entre os fios da urdidura, é ainda conhecido como um "lance" [*shot*] [...] Podemos, agora, suspeitar que *kairós* e *kaîros*, que temos razão para acreditar que significam a abertura, a passagem através da qual os arqueiros procuravam atingir [*shoot*] seu alvo, eram originariamente a mesma coisa[17].

Então, Onians relaciona o tecer, a partir da análise de kairos, o sentido do "momento oportuno", com o tecer do destino:

O uso na tecelagem explicará melhor o sentido de "tempo crítico", "oportunidade"; já que a abertura na urdidura dura um tempo limitado, e o lance [*shot*] precisa ser feito enquanto há abertura. A crença no tecer do destino, com a extensão [*length*] dos fios da urdidura representando a duração [*length*] do tempo, pode ter contribuído para esse uso de *kairos*[18].

E não fosse que um destino ordenado pelos deuses impedisse outro destino de tomar a dianteira, meu coração sairia pela boca e despejaria seus maus presságios; mas, do jeito que é, ele murmura apenas no escuro, angustiado e desesperado eternamente para elucidar alguma coisa do *propósito oportuno* quando minha alma está flamejante[19].

Ainda quanto a kairos nesse contexto da tecedura, Gallet destaca quatro funções técnicas que produzem variações semânticas importantes:

17. *Idem*, pp. 345-346.
18. *Idem*, pp. 346-347.
19. Aeschylus, *Agamemnon*, vv. 1028-1031, pp. 85-87, grifos meus.

Como "fio condutor", o kairos é uma "apreensão", uma "influência", um "controle"; como "fio regulador" da largura do trabalho, determinando a área da tecedura, é uma "regra", uma "boa ordem", uma "justa medida", uma "concisão" e uma vantagem; como "fio entrelaçado", encontrando em ângulos retos cada um dos fios do trançado, é uma "conjunção", "conjuntura", uma "ocasião", um "momento propício"; como "fio separador", entre a faixa de fios pares e aquela de fios ímpares, é uma "escolha", uma "separação", um "julgamento", uma "decisão"[20].

O sentido de kairos como "abertura/passagem" e "momento oportuno/oportunidade" aparece também, segundo Onians, no inglês e no latim. A palavra inglesa que reflete esse sentido é *nick*: "'Nick' significa uma fenda ou buraco em alguma coisa. Foi usado, assim: [...] 'Há alguns cortes [*nicks*] no tempo que quem quer que os encontre garantirá a si mesmo sucesso'"[21]. Ou ainda: "'A sabedoria de Deus [...] vem no *momento oportuno* [*hits the very nick of time*] de sua aplicação'"[22].

No latim, a referência à "abertura", "passagem através de", aparece na palavra *opportunus, opportunitas*. Segundo Onians, o significado básico de *porta, portus* é "entrada", "passagem através de". Assim, "*opportunus* descreveria o que oferece uma abertura ou o que está na iminência de entrar"[23].

Porta ou *fenestella* era também uma construção acima do nível do solo, um símbolo associado à deusa do destino em Roma: "A tradição romana explica-a [*porta*] como uma abertura através da qual a Fortuna passava, mais particularmente para Sérvio Túlio"[24].

Uma outra relação importante a se estabelecer é entre kairos e "happening", como propõe Barbara Cassin ao falar do louvor, da laudação como o gênero mais retórico, que coloca em jogo o poder do orador sobre o espectador. Ou seja, em cada "ocasião"

20. *Apud* B. Cassin, *L'effet sophistique*, p. 611.
21. *Apud* R. B. Onians, *op. cit.*, p. 347.
22. *Idem, ibidem*, grifos meus.
23. R. B. Onians, *op. cit.*, p. 348.
24. *Idem, ibidem*.

(kairos) que se apresenta não basta ao orador reforçar e propagar os valores admitidos na laudação, é mais do que isso.

Porque não se trata da habilidade de uma repetição, mas da força da invenção e da sedução que a persuasão exerce: o caráter espetacular da *epideixis* não resulta da liturgia, mesmo se há ritualização e codificação, mas sim, tanto quanto o kairos torna necessário, do *happening*[25].

Portanto, kairos só existe no movimento, em caráter performático, que se dá sob o signo da invenção, do inédito de cada instante. Daí a presentidade do corpo na criação de cada "oportunidade":

Mas ser contemporâneo do tempo é também estar, de instante a instante, imediatamente nesse lugar, estar sempre no presente: o discurso ligado ao kairos, à "oportunidade", à "ocasião" sempre propícia e apreendida pelo orador...[26].

Em termos de temporalidade, o kairos é o instaurador de um momento de "crise" (*krisis*, decisão), determinante da evolução das coisas, corte e abertura.

Por que o kairos é perigoso? É como o instante zen da flecha atirada pelo arco, o momento de abertura de possibilidades: aquela da "crise", para o médico, isto é, da decisão entre a cura ou a morte; aquela da flecha disparada, para o arqueiro de Píndaro ou trágico, entre o sucesso ou o fracasso[...] É o nome do alvo, na medida em que depende totalmente do instante, o nome do lugar na medida em que ele é temporalizado...[27]

Quanto à questão do corte e da abertura, B. Cassin propõe a aproximação entre *tempus* e *temnô*:

[...] *tempus* não significa apenas "tempo", mas "têmpora"; a consideração do kairos faz compreender que a "têmpora", o "tempo" e o "tem-

---

25. B. Cassin, *op. cit*, p. 202.
26. *Idem*, p. 227.
27. *Idem*, pp. 466-467.

plo" são uma mesma família de palavras, sobre o termo grego *temnô*, "cortar". Com kairos, trata-se, simultaneamente, de corte e abertura: mais exatamente do "ponto vulnerável", como na Ilíada [ver trecho citado do livro IV]...[28]

Mais uma vez retomando *kaîros*, relacionado à tecedura, à urdidura, à trama reguladora, B.Cassin lembra o emprego do termo:

[...] por silepse, em Píndaro, nos sentidos próprio e figurado, para designar "o procedimento de entrelaçamento dos temas". Na articulação do kairos – e "articulação" também é para ser entendida em todos os sentidos do francês: *kairon ei phthegxaio*, "se se articula", "se se enuncia o kairos" [Píndaro, *Pythiques*, I, 81] –, as palavras são ao mesmo tempo lançadas/emitidas e tecidas/urdidas[29].

O kairos é um momento especial, total, por isso remetendo ao *événement*, que também contém em si a crise, a passagem, dá-se como corpo, tece-se em sua performance. Nesse sentido, B. Cassin propõe kairos como contendo em si mesmo seu próprio fim:

[...] é autotélico [...] é o momento no qual a *poiêsis* e a *tekhnê* (caracterizada pela exterioridade entre o *ergon*, a obra, e seu fim, tanto que o pior dos arquitetos, ao contrário da abelha, tem idéia da casa que constrói), no ápice de sua inventividade, alcançam a *praxis*, uma interiorização divina da finalidade[30].

Devir – em Processo

12. Ario Dídimo, em Eusébio, *Preparação Evangélica, XV, 20*.

Aos que entram nos mesmos rios outras e outras águas afluem; almas exalam do úmido.

28. *Idem*, p. 467.
29. *Idem, ibidem*.
30. *Idem*, pp. 467-468.

49a. Heráclito, *Alegorias*, 24.

Nos mesmos rios entramos e não entramos, somos e não somos.

91. Plutarco, *De E apud Delphos*, 18 p. 392 B.

Em rio não se pode entrar duas vezes no mesmo, segundo Heráclito, nem substância mortal tocar duas vezes na mesma condição; mas pela intensidade e rapidez da mudança dispersa e de novo reúne (ou melhor, nem mesmo de novo nem depois, mas ao mesmo tempo) compõe-se e desiste, aproxima-se e afasta-se[31].

Devir, devenir, divenire, becoming, Werden... Até hoje, a idéia de devir também se exprime em latim na expressão *in fieri*, isto é, em estado de mudança, em devir[32].

Se levarmos em consideração o verbo latino *ferre, fero*, teremos acepções caras a nossa questão. Vejamos algumas delas, presentes em um dicionário latino-português[33]. A primeira é *trazer, levar*; a segunda, *mover, impelir*; a décima, *guiar, conduzir* e a quinta, *anunciar, dizer, contar*. A primeira, a segunda e a décima revelam o rio, a imagem intuitiva do fluxo, o ritmo do movimento universal.

Já a quinta, podemos aproximá-la do devir enquanto *logos*, isto é, entre outras coisas, do *dizer*. Por exemplo, na definição do devir que Marilena Chaui propõe: "O Devir é o *logos*, é o ser, o pensar, o dizer"[34]. Em Heidegger, *logos* é aproximado do verbo *légein* e indica a presença imediata da própria coisa e seu recolhimento pela palavra[35].

Saindo da acepção do verbo latino citado acima, há outra observação bastante interessante sobre o *devir* nos dicionários de

31. "Os Pré-socráticos", *Os Pensadores*, vol. 1.
32. A relação entre *fieri* e devir aparece no verbete *devenir* em: A. Lalande, *Vocabulaire de la philosophie* e P. Foulquié, *Dictionnaire de la langue philosophique*.
33. Cf. verbete *fero, ferre*, em F. Torrinha, *Dicionário Latino Português*.
34. M. Chaui, *Introdução à História da Filosofia*, v. 1, p. 85.
35. M. Heidegger, *O Que é Isto – a Filosofia*, pp. 25 e ss.

filosofia. Trata-se do *devir* colocado em oposição a *ser*[36]. Essa oposição, discutível, aparece de modo claro no dicionário de Japiassu e Marcondes em:

> Num sentido que aparece já na filosofia grega, o *ser* se opõe ao *devir*. Toda coisa que é, é em virtude de duas forças. Só o ser é estável na coisa, pois sob a multiplicidade das formas que toma essa coisa no tempo, podemos continuar dizendo que ela é. É nesse sentido que, na filosofia grega, o devir é sempre identificado com o *não-ser*: o não-ser não é a ausência de ser, o nada, mas aquilo que não é o ser, aquilo que é mutável e diverso, enquanto que o ser é imutável e único.

Precisamos tomar cuidado com esta oposição, pois ela se encontra no registro do platonismo, que opõe *ser a devir*. Pois, não é Platão quem coloca esta afirmação, sua distinção básica é metodológica, entre *modelo* e *cópia* (idéia de *mimesis*), mas não de caráter ontológico, entre um certo tipo de ser eterno e outro passageiro. E, muitos autores, como veremos, colocam-se nesse registro ontológico, de vulgarização de Platão.

Voltando aos dicionários, podemos encontrar referências que nos levam a relativizar a tosca oposição entre ser e devir. Vejamos, por exemplo, o que nos diz um trecho referente à questão da ontologia, da *Encyclopédie Philosophique Universelle*[37]. É colocado o problema da dificuldade de se falar de um sentido do verbo *ser*, já que ele é conjugado nas línguas indo-européias segundo três raízes, que não têm coincidência total entre seus valores semânticos.

Acredito que podemos apreender uma idéia de mobilidade para o termo *ser* nas duas primeiras raízes. A raiz *es* (*est, ist, sunt, esse être, sein*), que, segundo a enciclopédia, evoca a vida, o que tem vida, mas, também, o subsistir por si próprio. A segunda,

---

36. Dicionários citados na nota 32 e H. Japiassu & D. Marcondes, *Dicionário Básico de Filosofia*, verbete *ser*.
37. Cf. "onto-logique", *Encyclopédie Philosophique Universelle*, vol. 2, p. 9.

bhû, bheu (nas formas do passado e futuro: *pephuka, fui, futurum...*) evoca crescimento, eclosão, desenvolvimento.

Já a noção de permanência encontra-se mais na terceira raiz, *wes* (*was, war, gewesen*), a raiz que serve para conjugar o verbo *ser* nas línguas germânicas. Há menção de que Heidegger constatou que os três *sentidos*, antes distintos (viver, eclodir, permanecer), deram lugar a uma "mistura niveladora", de onde teria surgido apenas uma "significação evanescente"[38].

Não pretendo aprofundar-me nesta questão extremamente complexa entre *ser* e *devir*, mas apenas salientar a preocupação que se deve ter em não afirmar categoricamente a oposição entre ambos. Essa oposição ontológica aparece também em autores como W. Guthrie e F. Cornford.

Guthrie diz que Platão não negou a doutrina do fluxo de Heráclito, mas encontrou uma saída nas Idéias para viabilizar uma teoria do conhecimento e sem as quais estaria fadado ao fracasso: "... toda a possibilidade de conhecimento científico, que em uma teoria heraclitiana do mundo era uma quimera"[39].

Ele afirma que para Platão os "objetos do conhecimento", as "coisas que podem ser definidas", existem mas não podem ser identificadas com nada do mundo sensível. As Idéias têm uma existência completa e independente. Portanto, o autor reafirma a separação entre mundo sensível (devir) e mundo das Idéias (ser).

Mas, como fica a relação entre esses dois mundos? Essa é uma questão muito delicada. Segundo o autor, é quase "mística" e não pode ser totalmente explicada por um argumento racional a dívida de nosso mundo sensível e imperfeito em relação à existência completa em si e perfeita do mundo das Idéias.

Ainda segundo Guthrie, Platão teria recorrido à metáfora para dar conta de tal relação, o que, aos olhos de Aristóteles, teria demonstrado uma fraqueza na argumentação[40]. Essa não é, como

---

38. M. Heiddeger, *Introdução à Metafísica*, pp. 80-83.
39. W. K. C. Guthrie, *The Greek Philosophers...*, p. 88.
40. *Idem*, p. 90.

se sabe, uma opinião isolada. A objeção principal de Aristóteles à teoria das Idéias é aquela dos nominalistas de modo geral: ela não explica as relações das tais formas abstratas com os seres sensíveis da experiência perceptiva ou, como podemos ler na *Encyclopédie Philosophique Universelle* :

> [...] as idéias platônicas não podem ter qualquer papel causal nas mudanças e nos movimentos que sobrevêm a este mundo e elas não poderiam gerar aí alguma existência, qualquer que fosse. Elas permanecem, portanto, teoricamente estéreis[41].

É interessante notar que Guthrie tenta justificar que, em Platão, a "ponte" entre o mundo sensível (*earth-bound human mind*) e o mundo das Idéias estaria nas doutrinas dos reformadores religiosos sobre a natureza da psique (alma). A alma deixaria o corpo após a morte e voltaria ao mundo das Idéias, com o qual ela teria familiaridade antes de sua vida terrena. Assim, a pré-existência da alma explica o adquirir conhecimento nessa vida como um processo de recordações fragmentares daquele mundo perfeito que ela conhecera um dia.

Aqui, as sensações teriam o papel de trazer à mente essas rememorações e ajudá-la a recuperar o conhecimento, a verdade. Os mundos permanecem separados e têm uma relação desigual; o mundo sensível é subordinado e inferior ao mundo das Idéias. Seguindo esse raciocínio, a partir do texto de Guthrie sobre Platão, poderíamos, talvez, dizer que o devir, embora não negado, é reduzido, colocado à parte, servindo como coadjuvante, como possível instrumento para acessar o conhecimento; está desprovido de caráter ontológico.

Também segundo F. Cornford, para Platão os objetos sensíveis não são "todas as coisas". Senão, o conhecimento seria impossível[42].

---

41. Cf. "La question du nominalisme", *Encyclopédie...*, p. 567.
42. F. M. Cornford, *Plato's Theory of Knowledge*, p. 36.

Cornford coloca a necessidade do que ele chama *common terms* na formulação de proposições. Esses termos são as próprias Formas ou Idéias, ou seja, não pertencem ao mundo sensível, mas são coisas também. No *Teeteto*, Sócrates se refere a essa questão do seguinte modo: "... a mente contempla algumas coisas por seu próprio meio, outras pelas faculdades do corpo" (185 E)[43]. Os "termos comuns" são, nesse sentido, aqueles que a mente usa em suas formulações e que não são objetos de percepção, mas são "comuns" a todos objetos sensíveis. Eles são apreendidos pelo pensamento e não pelos sentidos.

Daí, Cornford chega à seguinte conclusão:

[...] portanto, todo o conhecimento de verdades, distinto da experiência imediata a partir de fatos do mundo sensível, envolve experiência com as Formas, que não são objetos particulares de percepção, não são indivíduos, *não estão envolvidos no fluxo heraclitiano*[44].

Então, concluímos dessas abordagens de vulgarização de Platão, que para se alcançar a "verdade" (realidade) seria necessário primeiro alcançar a existência. A percepção não apreenderia a verdade, pois não atingiria a existência, que só seria apreendida pela "reflexão" da mente, que faz essa reflexão a partir das Formas (Idéias). Novamente, mundo sensível e mundo inteligível estão separados no intuito de superar a impossibilidade do conhecimento, caso a doutrina do fluxo constante fosse aceita. A percepção, segundo esses autores, não está ligada ao ser, mas ao devir. E o conhecimento (verdadeiro) não está ligado ao devir, não vem da percepção, mas das Idéias.

Como podemos ver, Guthrie e Cornford não diferem muito quanto à oposição entre *ser* e *devir* a partir de uma leitura platônica de Heráclito.

Um autor que tomamos por base e que apresenta um pensamento diferente a respeito do devir é Nietzsche. Cabe dizer que

---

43. *Idem*, p. 105.
44. *Idem*, p. 106, grifos meus.

não pretendemos analisar aqui toda a complexa visão do filósofo que culmina na idéia do eterno retorno. Apenas diremos algumas palavras sobre seu conceito de jogo e do devir, no sentido de ressaltar a noção de *processo*, tão importante dentro da questão das temporalidades do *événement*.
Em Nietzsche, não se pode compreender o ser separado da ação, a qual é essencialmente jogo. Ele vai, então, ao encontro de um devir que é jogo e destaca, nesse, o não-discernimento moral:

[...] um vir-a-ser e perecer, um construir e destruir, sem nenhum discernimento moral, eternamente na mesma inocência, têm, neste mundo, somente o jogo do artista e da criança. E assim como joga a criança e o artista, joga o fogo eternamente vivo, constrói e destrói, em inocência – e esse jogo joga o Aion consigo mesmo[45].

Ao contrário de Heidegger, em Nietzsche o papel do jogador é fundamental. Ele não substitui o jogador pelo jogo em si, sob a forma a menos substancial possível, procurando pensar o ser além do ser enquanto fenômeno[46]. Quando ele diz que o futuro do homem será sua vontade, Nietzsche quer que esse homem saiba jogar. E, saber jogar é ser Aion, é entender que "a Criança será esse 'grande jogador' que anuncia Zaratustra"[47]. Ele jogará sem estar preso a normas lógicas preestabelecidas e decidirá, a cada instante, de modo imprevisível, seus valores. É aqui que está sua leitura de Heráclito: "Nietzsche exalta a pulsão do jogo, o infinito poder de criar, de construir, de destruir. Ele faz explodir a cada instante toda a forma estabelecida de jogo para trazer à luz e reanimar o jorro, o impulso que faz com que exista jogo"[48].

Para Nietzsche, Heráclito afirma que este mundo não conhece a permanência e que só existe um eterno e único vir-a-ser que nunca é:

45. "Os Pré-socráticos", *op. cit.*, p. 113.
46. Cf. "La question du jeu", *Encyclopédie...*, p. 626.
47. *Idem*, p. 625.
48. *Idem*, p. 627.

[...] depois desse primeiro passo [negar a dualidade mundo físico/metafísico], já não podia [Heráclito] ser impedido de uma ousadia muito maior da negação: negou, em geral, o ser [...] esse mundo [...] não mostra, em parte alguma, uma permanência, uma indestrutibilidade, um baluarte na correnteza[49].

Tendo apontado para a importância do conceito de jogo (o peso do acaso na ação), vamos nos deter agora na noção de devir. A partir da idéia do eterno retorno, a referência principal ao *devir* se dá como *processo*. É o que poderíamos chamar o ser *como* devir. O acontecimento é um reconhecimento; nunca se conhece, mas se reconhece. O retorno não é de algo que *é*, ou seja, não é o ser que retorna, mas o retorno em si, a "ação" é que constitui o ser, visto que manifesta o devir, o que passa.

Segundo a análise de Deleuze: "o eterno retorno é o retorno distinto do ir, a contemplação distinta da ação, mas também o retorno do próprio ir e o retorno da ação, simultaneamente momento e ciclo do tempo"[50]. Assim, o instante atual não é aquele do ser, mas do presente que passa.

O acaso também é reafirmado pelo eterno retorno:

[...] o eterno retorno é o segundo tempo, o resultado do lance de dados, a afirmação da necessidade, o número que reúne todos os membros do acaso, mas também o retorno do primeiro tempo, a repetição do lance de dados, a reprodução e a reafirmação do próprio acaso[51].

De acordo com Deleuze, o eterno retorno, ou a lei do devir, é a síntese da qual a vontade de potência[52] é o princípio. E, ao

49. "Os Pré-socráticos", *op. cit.*, p. 109.
50. G. Deleuze, *Nietzsche e a Filosofia*, Rio de Janeiro, Editora Rio, 1976, p. 20.
51. *Idem*, p. 23.
52. A expressão *Wille zur Macht*, de Nietzsche, apresenta traduções diferentes, que geram discussões que não iremos colocar. Cabe apenas observar que Deleuze a traduz por *volonté de puissance* (*op. cit.*, p. 55) e que os tradutores da referida edição brasileira traduzem por "vontade de poder". Uma outra tradução possível e muito usada é "vontade de potência".

contrário da hipótese cíclica, o eterno retorno dá conta da diversidade de ciclos coexistentes e do diverso dentro do ciclo:

[...] só podemos compreender o próprio eterno retorno como a expressão de um princípio que é a razão do diverso e de sua reprodução, da diferença e de sua repetição. Tal princípio é apresentado por Nietzsche como [...] *vontade de poder*[53].

Assim, há uma necessidade interior ao jogo que não elimina o acaso e a imprevisibilidade, expressões mais intensas da vontade de potência e do *événement*.

Voltando a Heráclito e à noção de devir, apresentamos uma breve análise das diferenças que os três fragmentos aqui colocados (12, 49a, 91) apresentam entre si. Tendo por base a representação simbólica do rio, Heráclito construiu sentenças que não são redutíveis umas às outras, como bem aponta R. Mondolfo:

[...]Assim, B12, ao destacar o fluir incessante de águas sempre diversas, parece se preocupar especialmente com a idéia de que a realidade do rio – e [...] da vida (alma) [...] é realidade dinâmica de um processo, e não a realidade estática de uma coisa [...] assim, B49a parece considerar a situação dos homens que, com a mudança das águas do rio, não podem ter e manter com ele uma relação unívoca e isenta de contrastes; e B91 parece juntar ao motivo [...] da impossibilidade de entrar duas vezes no mesmo rio, outro motivo, que é o do paralelismo entre o apresentar-se alternado e também simultâneo de momentos opostos nas águas fluviais correntes (dispersar-se e recolher-se) e aquele que aparece na relação entre os elementos constitutivos de qualquer ser mortal: que é um conceito análogo ao conceito geral do "divergente sempre convergente"...[54].

Então, quanto ao fragmento 12, podemos falar sobre a condição dos que entram nos mesmos rios. A eles chegam, do exterior, sempre águas diversas. Neles, em suas almas, algo semelhante

---

53. *Idem*, p. 40, grifos meus.
54. R. Mondolfo, *Heráclito – Textos y Problemas de su Interpretación*, p. 167.

ocorre, já que elas são renovadas por exalações sempre novas. A realidade do rio, como a da alma, é um processo.

Onde está a estabilidade? Segundo Mondolfo nos diz, no próprio movimento de todas as realidades:

> [...] são "os mesmos" os astros em que se renova sempre o fogo das exalações; são "os mesmos" os rios em que outras e outras águas passam [...] "os mesmos" os homens cuja vida (alma) é alimentada por exalações sempre novas[55].

O autor faz também a observação de que é importante notar que a identidade do rio ("o mesmo") é reconhecida por quem nele entra. É em relação aos "banhistas" que essa identidade se estabelece.

Em relação ao fragmento 49a, cabe ressaltar a questão da doutrina da coincidência dos contrários, isto é, quando as afirmações opostas têm a mesma validade, como o que ocorre também no fragmento 32 ("Uma só [coisa] o sábio não quer e quer ser recolhido no nome de Zeus"), segundo observa Mondolfo.

Desse modo, coloca o autor:

> [...] entramos efetivamente [nos mesmos rios], estamos, em verdade, e podemos e devemos dizê-lo, porque se trata de um dado, de fato, indiscutível; mas ao mesmo tempo podemos e devemos dizer que não entramos e não estamos em um mesmo rio porque este nunca é o mesmo, já que suas águas mudam incessantemente[56].

Ao contrário dos céticos, diz o autor, que negavam tanto a afirmação quanto a negação, Heráclito as coloca juntas para a plena expressão da verdade, que consiste na coexistência e, mais que isso, na coincidência dos contrários.

Mas é o fragmento 91 que expressa de forma mais contundente, segundo Mondolfo, a coincidência dos opostos. Isso está claro,

---

55. *Idem*, p. 169.
56. *Idem*, p. 171.

para o autor, nos três pares de verbos contrários que mostram a atração e a repulsão mútuas, a confluência e a irradiação, a concentração e a dispersão dos elementos que constituem cada ser em particular. O processo do devir é trânsito contínuo, mas tem sua permanência também garantida no logos eterno. Ou, segundo as palavras de Mondolfo:

> [...] o fluxo heraclitiano é o interminável trânsito de um contrário ao outro e, nesse sentido, é também a afirmação de permanência da realidade tanto do princípio universal (eterno) quanto dos seres individuais (temporais)[57].

Quis colocar essas observações sobre algumas diferenças que esses três fragmentos apresentam quanto à questão do devir em Heráclito porque acredito, após ter lido os fragmentos e vários trabalhos sobre eles, que não podemos separar o pensamento de Heráclito de sua linguagem. Ou, antes, que sua linguagem é seu pensamento.

Por isso, gostaria de concluir justificando que o devir de Heráclito está em sua própria linguagem, no logos. Também Heidegger, enquanto leitor dos pré-socráticos (e de Nietzsche), se deparou com a questão da palavra poética como instituidora do ser. No caso de Heráclito, creio, do próprio ser *como* devir. Essa visão de Heidegger é muito bem resumida por P. Somville:

> A palavra poética é fundadora, para ele [Heidegger], deste ser do ser enquanto fenômeno [*étant*] do qual o filósofo não cessa, de traço em traço, de cercar uma e outra aparição, clareira no fim de uma "vereda". Esse aparecimento no oco do ser enquanto fenômeno, interstício legível apenas entre duas noções ou objetos colocados na dobra do ser, são desses milagres verbais que o poeta-filósofo celebra[58].

---

57. *Idem*, p. 178.
58. Cf. "Le poétique et le prosaïque", *Encyclopédie*, p. 621.

Assim, talvez, possamos nos referir ao *événement*, à poética do relato, como sendo, também, o próprio "ser *como* devir". E, com isso, quem sabe possamos *ser* contemporâneos do tempo, presentes em plenitude, *logos*.

A Data como Acesso ao Événement

> *On attend moins le retour des fleurs, leur épa-*
> *nouissement à venir, que le re-fleurir des retours ... on*
> *n'attend pas les roses de ce temps, mais le temps des roses,*
> *et le temps daté. Ce qui compte, ce qui naît, fleurit, s'ouvre,*
> *ce n'est pas la fleur, c'est la date*[59].

No início de seu livro, *Schibboleth*, Derrida nos propõe a seguinte questão: "Como datar aquilo que não se repete, se a datação clama [*appel*] por uma forma de retorno, se ela torna a clamar, faz recordar [*rapeller*] na legibilidade de uma repetição?"[60].
Uma data busca re-estabelecer uma ligação com algo que não se repete (*événement*). Re-*cor*dar, mas somente quando se passa a fronteira através de uma passagem que se descobre a partir de uma palavra de iniciação (*mot de passe*): *schibboleth*, e que só se diz "avec la bouche du *coeur*" [grifo meu]. Caso contrário, ela deixa de dar acesso ao que foi único e passa a ser um nome impronunciável, quando se é indiferente à diferença.

O enigma (*Rätsel*) já está colocado e Derrida irá repeti-lo até o final do livro: somente a boca do coração[61] pode pronunciar *schibboleth*; somente as palavras que dela saem, louvam, abençoam a data e somente no coração pode-se inscrever uma "escrita de circuncisão", "escrita do nada". Como fazê-lo? E, mais do que isso, por que fazê-lo?

---

59. Jacques Derrida, *Schibboleth – pour Paul Celan*, pp. 67-68.
60. *Idem*, p. 13.
61. Alusão ao poema de Celan, "Im Herzmund", citado em *Schibboleth*, p. 58.

Respondendo à última pergunta: para que seja possível endereçar ao outro (e a si mesmo), re-cordar, existir memória. Para um re-encontro (*rencontre*) com o mesmo pelo outro, ou seja, para a única volta possível, aquela permitida e levada a cabo pela data que atua como *schibboleth*, repetição sob a forma de tradução: "a data é um futuro do pretérito, ela marca o tempo que se destina aos aniversários que virão"[62].

Os *evénements* permanecem únicos, singulares. É a data que permite o endereçamento, abre a possibilidade do que Derrida chama *rencontre* e, Celan, *Geheimnis der Begegnung* [segredo do encontro]. Esta palavra possui, segundo o autor, dois valores que dão à data seu lugar: *rencontre* como o aleatório, o acaso, a conjuntura que "sela" um ou mais *événements* como únicos (*une fois*), em um determinado dia, mês, ano e em um determinado lugar. O segundo valor é "la rencontre de *l'autre*" [grifo meu], este outro a partir do qual e para o qual o poema fala.

Já entramos aqui na resposta à primeira questão: como a data atua como *schibboleth*, como "incisão que o poema carrega em seu corpo, como uma memória, [...] a marca de uma proveniência, de um lugar e de um tempo?"[63]

Duas datas compõem, na verdade, a data: a do calendário (empírica e contingente) e a da escritura (essencial, do *événement* do texto). O *schibboleth* é o que ultrapassa essa distinção, ou seja, transforma o limite em circularidade ("elle [limite] a la forme de l'anneau"):

> Um *schibboleth* ultrapassa também essa fronteira: para uma data poética, para uma data abençoada, louvada, a diferença não tem mais lugar entre o empírico e o essencial, entre o externo contingente e o íntimo necessário. Esse não-lugar, essa utopia, é o ter lugar, ou o *événement* do poema como benção, esse poema (pode ser) absoluto o qual Celan diz não existir...[64]

62. J. Derrida, *op. cit.*, p. 48.
63. *Idem*, p. 36.
64. *Idem*, p. 80.

Aqui entra um problema da data em relação à história. O lugar onde a distinção entre o empírico e o essencial seria anulada só existe em termos utópicos, onde a data seria consagrada, abençoada, benção "au-delà du savoir"[65], de onde o poema fala. A cristalinidade máxima da data como *schibboleth* está, por paradoxal que seja, na benção maior que é a incineração da própria data, ou melhor, a data como incineração. Ela se consome ao se inscrever. Portanto, temos que nos contentar com a benção possível, com as migalhas do *schibboleth*, pois, no limite há apenas uma utopia. Resta aprendermos a lidar com essa falta, esse dar-se parcial, esse permanecer enigma.

A data, para se tornar legível, deixar de ser indecifrável, precisa suspender em si mesma o traço de unicidade (*trait unique*) que a prende ao *événement*. Aquilo que a ameaça é também sua possibilidade de endereçamento ao outro: o esquecimento, o apagamento desse traço único a partir de uma aliança necessária com a essência da escrita, a genealogia interna do poema e, talvez, da palavra em geral.

Uma data precisa dizer-se provisória para ser legível:

> Se a data se torna legível, seu *schibboleth* lhe diz:
> [...] "eu" [...] sou, sou somente uma cifra comemorando aquilo mesmo que terá sido consagrado ao esquecimento, destinado a tornar-se nome, para um tempo limitado, o tempo de uma rosa, nome de nada, "voz de ninguém", *nome de ninguém*: cinzas[66].

A data só se dá em sua repetição, reiteração (*iterabilité*), que é perder *o* sentido esquecendo-se de si mesma enquanto unicidade, senão, ela não se endereça a ninguém, nem a si própria. Aí está a sua possibilidade de retorno.

Então, que tipo de testemunho é essa data, corte a refazer-se sempre? Primeiro, é um testemunho não absoluto e que, portan-

---

65. *Idem*, p. 63.
66. *Idem*, p. 74, grifos do autor.

to, não esgota a revelação. Há, se assim podemos dizer, um *schibboleth*. O poema permanece único, mesmo com o desaparecimento das testemunhas e do próprio poeta. É a repetição que assegura a legibilidade do poema na ausência da testemunha. Segundo Derrida, o enigma (*crypte*) é simbólico, mas não depende, em última instância, da retórica, dos tropos. O que marca o poema e lhe dá a forma de data é que ele partilha do *schibboleth*[67].

Assim, o testemunho é, ao mesmo tempo, essencial à leitura do poema, "a essa partilha que ela [leitura] se torna por sua vez"[68], e não-essencial na medida em que "garante apenas um acréscimo de inteligibilidade que o poema pode dispensar"[69].

Não pode haver, então, uma data "verdadeira", já que em cada retorno ela se faz a mesma e outra. Por isso, Derrida fala de uma data "comemorada" que tende a se confundir com seu retorno na "comemoração". É o próprio autor quem nos alerta: "como distinguir, para uma assinatura poética, entre o valor *de constatação* de uma certa verdade [...] e esse outro regime da verdade que associaríamos à *performatividade* poética ..."[70].

A percepção da data enquanto retorno enigmático, a refazer-se sempre, pode ser uma via de acesso para o estudo do *événement*, por exemplo, da queda do Muro de Berlim. Para Derrida, a data (assinatura, momento, lugar, conjunto de marcas regulares) mostra a existência do não-manifesto e a singularidade cifrada. É dessa forma que a data opera como *schibboleth*. A palavra circuncidada é a palavra poética e essa circuncisão, de uma palavra, não é datada *na* história: "ela não tem idade, mas dá lugar à data. Ela abre a palavra ao outro, e a carrega [*porte*], ela abre a história, o poema, e a filosofia [...] ela faz girar o anel [*tourner l'anneau*], para afirmar ou anular"[71].

---

67. *Idem*, p. 61.
68. *Idem, ibidem*.
69. *Idem*, p. 35.
70. *Idem*, p. 85, grifos do autor.
71. *Idem*, p. 112.

Essa palavra talhada só nos chega sob forma de envio partilhado e, por isso, não completo, mas como *schibboleth*, como data, "na economia de uma elipse"[72].

Em "Ellipse", *L'écriture et la différence*, Derrida nos fala sobre a elipse do centro na escrita, que significaria o rompimento com um erro que apareceria no primeiro livro, o livro mítico por excelência: rompimento com uma espécie de *prénom invariable* que se podia invocar mas não repetir. Desde então, há uma *première écriture* que nos aparece *representável* apenas sob a forma da repetição, desde seu início: é a escrita como labirinto.

O início é a repetição desde um centro deslocado e repetido, redobrado; o centro já é, portanto, representação. A identidade original desaparece na repetição enquanto escrita: "a identidade da origem a si mesma, a presença a si mesma da palavra suposta viva. É o centro"[73].

Se toda a escrita para abrir o texto é repetição, é elipse, no sentido da ausência de um centro (mítico) a partir do qual ela se diria, então, como diz Derrida: "[...] O futuro não é um presente futuro, ontem não é um presente passado. O mais além do fechamento [*clôture*] do livro não é nem para ser esperado nem reencontrado"[74]. A abertura do texto se dá na consciência da repetição original, da diferença no presente da escrita ("dans le *maintenant* de l'écriture").

Retomando o dito até agora, a palavra poética circuncidada não é datada na história, mas dá lugar à data elíptica, redobrada infinitamente sobre si mesma e num tempo da escrita que exige a diferença como fundamento.

A palavra histórica é também uma palavra elíptica, a re-dizer-se a partir de seu tempo de escrita, seu presente. O *événement* se dá no apagamento de sua unicidade, na sua repetição elíptica, na

---

72. *Idem*, p. 113.
73. J. Derrida, *L' écriture et la différence*, p. 431.
74. *Idem*, p. 436.

data como endereçamento e forma de tradução. Só aí ele se faz representável, na iminência de tornar-se cinzas.

A busca dessa palavra circuncidada, elíptica, para a história, talvez possa nos levar ao *événement* enquanto cesura a ser repetida em sua diferença sempre presente, enquanto *schibboleth*.

Dois Exemplos, uma mesma Data

Gostaria de dar ênfase a dois textos sobre a chamada queda do Muro de Berlim, onde essa questão da data encontra-se em evidência.

Ambos constam de uma edição especial da revista alemã *Spiegel*, de 1990, intitulada *RDA – 162 Dias da História Alemã – Os Seis Meses da Revolução Pacífica*[75], e foram escritos pouco depois do referido *événement*.

O primeiro texto é um depoimento do músico Mstislav Rostropovich que, ao saber do ocorrido, sentiu a necessidade imediata de estar em Berlim e foi para o local.

O segundo texto, do qual destacarei alguns trechos, é uma entrevista com o escritor Elie Wiesel sobre um possível receio dos judeus diante da reunificação alemã.

Vitória sobre a Divisão – o Violoncelista Mstislav Rostropovich Fala de sua Performance ao Pé do Muro[76]

Dois dias, duas datas não podem ser apagadas de minha memória. É o curso da história, as duas datas tendo a ver com os alemães, de um modo totalmente diverso: o dia 9 de maio de 1945, quando eu soube do fim da Guerra, em casa, em Baku, e o dia 9 de novembro de 1989, quando o Muro despedaçou-se na Alemanha.

75. DDR – *162 Tage Deutsche Geschichte – Das halbe Jahr der gewaltlosen Revolution*, *Spiegel, Spezial II*.
76. "'Sieg über die Trennung' – Der Cellist Mstislaw Rostropowitsch über sein Spiel an der Mauer", em *Spiegel, Spezial II*, p. 9.

Eu soube dos acontecimentos de Berlim, em Paris, e disse logo ao meu amigo: "Antonio, eu preciso ir até lá". Eu já tinha estado perto do Muro. Lembro-me com exatidão: uma terrível construção cinzenta com arames farpados.

Assim que desço do táxi em Berlim, já perto do Muro, dou-me conta de que não tenho uma cadeira para tocar. Nunca preciso me preocupar com esses pormenores nos meus concertos; tem sempre alguém no palco para cuidar disso.

Vou ao foyer da Springer-Haus, na rua Koch; dois porteiros estão sentados: "Por favor, preciso de uma cadeira". Um deles me olha incrédulo. O outro me reconhece: "O senhor é Rostropovich". Recebo uma cadeira.

Sento-me diretamente na frente do Muro grafitado e afino meu instrumento. Tocar ao ar livre é diferente de tocar em uma sala de concertos. Eu quero tocar Bach. Eu quero fazer isso para mim mesmo, sem espetáculo, apenas para mim e em memória das pessoas que sofreram sob a influência desse Muro.

A primeira peça é a Suíte em Dó-maior. Ela é extensa, ela é festiva. Bach a compôs em Köthen, uma cidade que, desde a divisão, fica na Alemanha Oriental. A minha volta estão poucas pessoas. Um jovem, parado, com os olhos fechados, como se rezasse.

Depois, toco a Sarabanda da quinta Suíte em Dó-menor. O jovem mantém seus olhos ainda fechados. Preparo-me de novo para a Sarabanda da segunda Suíte em Ré-menor. O jovem abre os olhos devagar, e eu vejo que correm lágrimas sobre o seu rosto. Eu também começo a chorar.

De repente, essa sensação está novamente aqui, como em 1945, quando nós comemoramos a vitória sobre a Alemanha. Agora é a Alemanha que comemora a vitória sobre a divisão. Sinto-me como naquela época em que a Guerra acabou.

Voltemos à questão inicial: como datar algo que não se repete (caso das datas históricas, dos *événements*), se a data necessita, para se realizar, de alguma forma de retorno, de rememoração?

Uma data nunca é a mesma, pelo menos quando ela se dirige a alguém, quando ainda não é nome, como diz Derrida. No testemunho acima, podemos encontrar o traço desse retorno da data, responsável por sua existência, mas também por seu caráter elíptico.

Ele está na *mesma* sensação (*Gefühl*) que o autor experimentou ao vivenciar dois eventos de caráter único. É a sensação, embora não explicitada no texto, o desencadeador da recuperação dos dois eventos sob a forma de data. A sensação é o elo que estabelece a identificação de dois momentos únicos ao elidir dos mesmos a sua unicidade.

O depoimento se inicia: "Dois dias, duas datas não podem ser apagadas de minha memória... 9 de maio de 1945... e 9 de novembro de 1989".

Afinal, quais datas? Com certeza não é à data empírica que ele se refere, àquela que se tornou nome, a presença-ausente de um calendário. Mas sim, à data da escritura, da marca poética, do *événement*, que passa pela rememoração.

O lugar dessa data é um lugar de *rencontre*, no segundo sentido proposto por Derrida: "[...] o encontro fortuito [*rencontre*] do outro, essa singularidade inelutável desde a qual e à destinação da qual fala um poema"[77].

O que permite esse endereçamento é a tal sensação desencadeada em dois momentos distintos, por causa da "vitória". Essa é a palavra indutora de um rearranjo temporal: sensação. É a palavra-corte, pois dá origem à data elíptica, sem pretensão totalizadora. Abre a possibilidade de aproximar dois acontecimentos, com valores históricos distintos, a partir de uma sensação única experimentada em ambos os momentos.

Uma data válida pelo seu valor diferencial como ato performático, como ponto de inversão em relação a um calendário normativo e estanque. Claro que é uma data também enquanto assinatura, com todas as marcas regulares que a fazem ter seu momento de cinzas. Mas, ainda assim, é uma ponte entre duas "datas" (entre aspas, refiro-me, aqui, à data tornada nome, normativa, de calendário) históricas que pode se realizar ao se assumir como incisão proveniente de seu próprio tempo e lugar.

---

77. Jacques Derrida, *op. cit.*, p. 23.

Foto 3.1. Rostropovich toca Bach – *Spiegel Especial.*

"Um Estado – ainda não."
O Escritor Elie Wiesel Fala do Medo dos Judeus
Frente à Reunificação Alemã[78]

Spiegel: Por que a idéia de uma reunificação alemã o assusta?
Wiesel: O que me preocupa é que, depois da abertura do Muro, os alemães possam deixar a memória de sua história recente para trás. Infelizmente, isso vai se dar cedo ou tarde. Isso também está relacionado ao ambiente político na Alemanha de Helmut Kohl.

S: O senhor acha o governo dele pouco receptivo?
W: Não é apenas o governo de Kohl, mas o ambiente, algo que paira no ar. O que Kohl quer tornar realidade é a normalização da Alemanha, não apenas política, mas também filosófica e histórica.

S: Ele representa o desejo de muitos alemães de que já houve tempo suficiente de arrependimento e expiação de culpas?
W: Pensem na tal polêmica histórica [Habermas x revisionistas]: na verdade, aquilo foi uma tentativa de normalizar a memória. Isso significa, nesse contexto, mutilar essa memória, feri-la. E há muitas pessoas na Alemanha, ainda hoje, que são anti-semitas. O relativo isolamento dos republicanos nas últimas eleições levou-me a refletir. Tudo isso me leva a crer que a Alemanha ainda não está tão longe disso tudo para que possamos dar-lhe um cheque em branco e dizer: agora está tudo em ordem, esse capítulo está encerrado.

S: Não é compreensível que, muitos alemães vejam, na queda do Muro de Berlim, a definitiva redenção de seu passado sombrio?
W: Eu me sinto em uma posição que não me agrada. Eu gostaria que as pessoas fossem livres, em toda parte do mundo. E, no entanto, eu agora sinto um pouco a necessidade de colocar dúvidas sobre a abertura do Muro. Sou a favor da liberdade domiciliar, da liberdade em Berlim, mas eu teria gostado de ver o chanceler, ou o prefeito, ou qual-

---

78. "'Ein Staat – noch nicht' – Der Schriftsteller Elie Wiesel über die Angst der Juden vor einer Wiedervereinigung Deutschlands", *Spiegel, Spezial II*, pp. 34-36.

quer outro, dizer: hoje é um dia muito especial, em muitos sentidos; talvez exista aqui um significado simbólico. Finalmente, 9 de novembro é também a data da vergonhosa Noite dos Cristais. Por que não se fez um momento de silêncio e não se teve a consciência de homenagear as vítimas? Então, o 9 de novembro de 1938 já foi esquecido ou foi ao menos encoberto pelo 9 de novembro de 1989. Eu me pergunto: o que mais ainda vai ser esquecido?

S: O Muro de Berlim foi, para muitos judeus, não apenas o símbolo da divisão européia e da Guerra Fria, mas também o símbolo da vergonha e culpa alemãs?

W: Quando eu vi a abertura do Muro e todos aqueles jovens, não pude deixar de pensar em outros muros, nos muros dos guetos. E quando os muros dos guetos caíram, não havia mais ninguém por trás deles que pudesse se alegrar. Os alemães devem olhar para o futuro, mas não devem se esquecer de seu passado. A conseqüência dessa libertação não deve ser a perda da memória.

De novo temos presente o reflorescer de uma data a partir de outra. Não se trata do mero retorno comemorativo, da lembrança de um evento, no caso o 9 de novembro de 1938, mas a reiteração como recomeço a partir de uma data-reconhecimento, o 9 de novembro de 1989.

Esse último, um acontecimento que, como no depoimento de Rostropovich, ao ter seu traço de unicidade anulado, torna-se uma data livre para endereçar-se ao Outro e para se aproximar do acontecimento de 9 de novembro de 1938, também liberto de sua unicidade e passível de recuperação enquanto data, *événement*.

É essa legibilidade da data que permite a Wiesel a tradução de uma data na outra, e ele o faz contra uma dita "mutilação da memória".

Ele vem contra a data estanque, tornada nome, já que todo o seu esforço encontra-se concentrado em combater a "normalização da memória recente".

Só a partir dessas datas despojadas de uma singularidade imobilizadora, há a própria possibilidade de existência dos *événements*, em processo, por exemplo, na performance do relato. É por isso que o Muro de Berlim é também os muros dos guetos. "Muro" é, aqui, palavra-corte, nos chega como data, novamente, na "economia de uma elipse", em um tempo reiterativo que abre a possibilidade de diálogo, de endereçamento.

Ainda nesse sentido, é por isso que essa identificação, de uma data com a outra, não parece ilógica, um espelhamento distorcido, mas renova a consciência de gerações atuais que, sem isso, talvez poderiam transformar a história em pura barbárie.

Os dois textos acima servem para exemplificar como a data pode ser trabalhada, a partir da visão colocada por Derrida em *Schibboleth*, de modo a manter vivos os acontecimentos enquanto *événements*.

Esse tornar presente a história significa enfatizar o lugar de onde se fala, ao estabelecer pontes a partir da circuncisão da palavra, que não é datada na história, mas dá lugar à data.

Vemos a história em sua reiteração, quando ainda se dá na legibilidade de uma data. O *événement* tem também o tempo da data reiterativa, da possibilidade da reinvenção poética, e não somente o tempo das cinzas sedimentadas, transformadas em nome.

* * *

Retomemos, então, as três temporalidades comentadas.

Assim, o "momento oportuno" (kairos) é algo que aparece quando Morin propõe uma ciência do devir [cap. II, p. 27]. Para se poder "aproveitar do acidental para criar uma unidade superior", preservando-se um sistema sem negar fenômenos perturbadores que chegam até ele, modificando-o (*événements*), é preciso avaliar a situação para dela tirar o melhor proveito. É preciso apreender o momento, a ocasião surgida.

O *événement* é origem, como vimos, no sentido de *Ursprung*, em Walter Benjamin [cap. I, p. 18]. Salto ou recorte inovador, uma ligação nova entre passado e presente, que acontece em instantes únicos e decisivos.

É kairos, momento de "crise" (*krisis*, decisão), corte e abertura. É o "*événement*-diacrônico" de Morin, tempo de *crise*, de mudança e de novidade [cap. II, p. 30]. A origem é inacabamento, abertura à história, é kairos, o nome do alvo na medida em que depende do instante.

Também, como disse Morin, os *événements* são "momentos de *passagem* de um a outro estado do sistema" [cap. II, p. 29]. É novamente kairos = *poros*, a visualização de uma oportunidade, no sentido de encontrar uma passagem para atingir um alvo.

A noção de kairos dentro do contexto de tecedura permite uma aproximação com o "*événement*-monstro" de Nora, da manipulação dos *événements* pelos meios de comunicação de massa em geral. Até que ponto estes últimos fabricam o novo e, pela redundância, por um sistema de informação sem informação, negam o caráter ruptivo dos *événements*? [cap. II, pp. 37-39]

Aqui, kairos está ligado ao aparecimento repentino de algo inédito e imprevisto (*événement*), mas também diz respeito à apreensão desse inédito, tornando esse momento "oportuno", isto é, ligado ao alvo a ser atingido, à descoberta da passagem que leva a essa marca.

Será que os meios de comunicação de massa apreendem esses instantes decisivos e criam sua própria "urdidura", no sentido de manipulação desses instantes únicos, tecendo seu discurso (vitorioso?) Isso é, kairos como "procedimento de entrelaçamento de tramas"?

Mas, se isso é verdade, pelo menos não é total, pois kairos é "momento oportuno" para todos que endereçam esses instantes ao outro, seja de que modo for. Em sua complexidade de significação, ele é "oportunidade" para quem o souber apreender.

Por isso, o *événement* tem vários "momentos oportunos" e se dá em performance. Por isso, o *événement*-monstro de Nora é parte, mas não dá conta de todo o fenômeno.

Em seu dar-se como corpo, em seu inacabamento, o *événement* refaz-se, é data (como já vimos). Ele refloresce em cada retorno. Assim, se dá sendo o mesmo e outro.

O *événement* é kairos, já que se apresenta singularizado no tempo. E, como já se perguntou Veyne [cap. II, p. 47], o que individualiza os *événements*? Não é sua "matéria", mas o fato de chegarem "em um dado instante". Daí, nosso deslumbramento diante do mistério: "a história jamais se repetiria, mesmo se ela tivesse que dizer novamente a mesma coisa" [cap. II, p. 47].

O *événement*, sendo passagem, é devir; desdobra-se continuamente, em seu eterno reflorescer (data). Ele é poética do relato em processo, ação que é jogo, o peso do acaso unido à repetição não do acontecimento, mas do lance de dados, o reconhecimento do mesmo pela diferença. Ele também é devir, no sentido proposto por Veyne, de que a própria história é inacabada, suas totalidades serão sempre revistas, devido a erros ou omissões [cap. II, p. 43]. Afinal, a própria estrutura do "campo *événementiel*", nos diz Veyne, é "móvel", sempre a se reconfigurar segundo "tramas possíveis", novos "itinerários".

Ainda quanto ao devir, o historiador não permitirá que a "trama escolhida" contradiga seus conceitos utilizados. Mas, como bem aponta Veyne [cap. II, p. 50] "o devir contradiz", pois os *événements* pertencem ao mundo das vivências, ao "sublunar", assim como o próprio discurso histórico, e esse mundo se dá em processo. Os seres históricos mudam, afinal, "o concreto é devir e interação".

Mais uma vez, aí está o valor da palavra viva, do corpo em performance, que se dá em sua inteireza, sempre, em diálogo com um outro que esteja interessado em ouvir a própria presentidade. Pois, como Veyne coloca, os conceitos históricos têm vida curta, são móveis, fazem parte, no limite, de um terreno de combate "entre uma verdade sempre mutante e conceitos sempre anacrônicos".

Afinal, como apontou Morin [cap. II, p. 26], o *événement* pode ser visto como *atualização*, como data (acrescentamos), em função "daquilo que se torna", por pertencer a um sistema e estar ligado ao tempo, de diversas maneiras.

Ele é data porque para se dar precisa endereçar-se ao outro, como já vimos com Derrida. O *événement*-único, no sentido de sua singularidade, de "não poder ser transformado em sinal, devido à falta de repetição", como coloca Morin, precisa do reflorescimento dos retornos, tem que se dar como data para ser legível. Desse modo, não é estanque, não é nome ou arquivo, mas memória viva, é *événement* na sua acepção de *rencontre*, é história presentificada, presente, somos nós mesmos.

IV
Breve Leitura de Imagens Relativas ao *Événement* "Queda do Muro de Berlim"

Fendas do Muro de Berlim, Passagens

Tudo o que dissemos a respeito de *événement*, principalmente em seu sentido de kairos, aparece quase que literalmente nessas imagens. A "oportunidade" de ver o outro, ou melhor, testemunhar o outro, sem intermediários.

Ter encontrado uma "passagem", atingindo seu alvo, apreensão de um momento único. É o *événement-rencontre*, vivido em performance, cada gesto revelando-nos ângulos insuspeitados do fenômeno. É preciso tocar, atingir o outro para senti-lo. A mão que quer diminuir distâncias, impelida pelo desejo do momento. A necessidade de uma interação maior, sem reservas [foto 4.1]. Já a pessoa da segunda imagem está contida em sua ação de alcançar o outro [foto 4.2]. Ela observa através da "abertura" do olho que a mira e a desafia. É o *événement*-esfinge, deciframento. Sua apreensão é limitada pela própria visão. No entanto, é nesse "olho" que a pessoa se sustenta com ambas as mãos.

Esse "olho" ocidental (manifestações pictóricas só eram possíveis no Muro da ex-RFA), que é furado, vazado e, portanto, cego, permite a visão pelo seu sacrifício. Por sua vista "ferida", atemporal, um outro olho apreende o momento da densidade histórica, do sublunar.

Foto 4.1. Fenda cravada no Muro – *Spiegel Especial.*

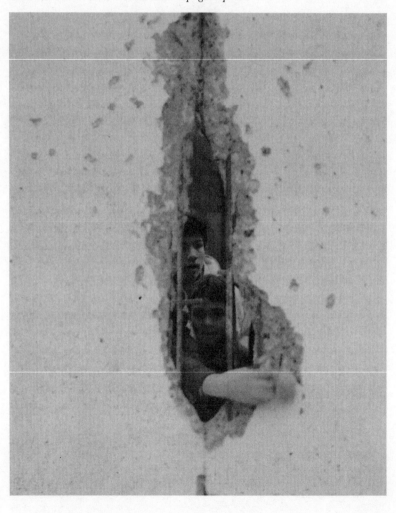

Foto 4.2. Os vários olhares – *Taz Especial*.

Um olho cuja mobilidade multiplica cortes rápidos e precisos (*tempus* = *têmno* = cortar), instaurando momentos de crise (*krisis* = decisão), construindo um testemunho fragmentar, que se fará coeso em cada transmissão, único, embora seja também data, reiteração na tentativa de diálogo com o outro.

Fragmentos do Muro – a "Venda" da Memória

Martelos não mais acompanhados por foices, mas golpeando com força cinzéis cravados no Muro. São os *Andenkenjäger* (caçadores de lembranças), que transformaram o Muro em produto de exportação, mas, mais do que isso, em fragmentos [foto 4.3]. É a apreensão do *événement* por traços, pois, como bem disse Veyne, ele não é uma totalidade tomada diretamente, mas de forma incompleta. Destruição e reconstrução da memória viva, como um mosaico eternamente a refazer-se, nos lugares os mais diversos [foto 4.4].

A partir da explosão, do epicentro, Berlim, 9 de novembro de 1989, a pulverização do *événement*, a história em migalhas. Literalmente, *événement*, de *éventer*, "expor ao vento", propagar a história presentificada em milhares de minúsculas faces a serem recontadas.

A maior parte dos "souvenirs" são fragmentos tão pequenos que os olhos testemunham apenas as cores de um ex-protesto ocidental. Não há um reconhecimento visual do Muro, mas cada pedaço é concreto e com "selo de autenticidade"; os pedaços do Muro são exportados com esse selo: *Echtheitzertifikat* [foto 4.5].

Mais uma vez retomamos o conceito de evolução proposto por Morin, abertura ao devir, o *événement* como progressão (fragmentos) mas também regressão ("volta" a uma Berlim sem Muro) e destruição. A catástrofe como força criadora, agente de um sistema em constante movimento.

Foto 4.3. Gesto convicto – *Spiegel Especial.*

Foto 4.4. O Muro literalmente despedaçado – *Spiegel Especial.*

Foto 4.5. Produto de exportação – *Spiegel Especial*.

Uma Ponte, Bornholmer Brücke, duas Datas, 1981 e 1989

Schibboleth ficou nos dicionários, em sentido figurado, como "prova decisiva que demonstra a capacidade de alguém para algo"[1]. Mas Derrida nos aponta na palavra hebraica seu sentido de palavra mágica, enigmática, passe, na passagem de uma fronteira vigiada (*mot de passe*)[2]. Vale a pena mostrar a sua origem bíblica, na fronteira do rio Jordão:

Os efraimitas tinham sido vencidos pelo exército de Jefté; e para impedir os soldados de escaparem, passando o rio (*schibboleth* significa também rio...) pedia-se a cada um para dizer *schibboleth*. Mas os efraimitas eram conhecidos pela sua incapacidade de pronunciar corretamente o *schi* de *schibboleth* que tornava-se para eles, desde então, um nome impronunciável. Eles diziam *sibboleth* e, nessa fronteira invisível entre *schi* e *si*, denunciavam-se à sentinela, sob risco de vida. Denunciavam sua diferença sendo indiferentes à diferença diacrítica entre *schi* e *si*; se distinguiam [*se marquaient*] por não poderem reforçar [*re-marquer*] uma marca assim codificada[3].

As duas imagens [fotos 4.6 e 4.7] também mostram a passagem de um a outro "passe" (*mot de passe* = *schibboleth*), possível graças a um instante decisivo, único (*événement*), que veio configurar novas datas.

Assim, a imagem anterior (1981) reconfigura-se em sua relação com a outra (1989). Na primeira, o "passe" chama-se "visto" e na segunda o "passe" é o próprio *événement* queda do Muro de Berlim, presentidade que redefine o sentido da primeira imagem.

A primeira ponte estabelece a ligação controlada, o fluxo interrompido, afinal, a passagem ocorre pelo "passe" chamado "visto". O movimento se dá pela sinuosidade da própria forma da

---

1. Verbete *schibboleth*, em *Noveau petit Le Robert*, vol. 1, Paris, SNL Le Robert, 1993.
2. Derrida, *op. cit.*, p. 44.
3. *Idem*, pp. 44 e 45.

Foto 4.6. Bornholmer Brücke em 1981 – *Taz Especial*.

Foto 4.7. A mesma ponte em 1989 – *Taz Especial*.

ponte, vazia. Ao contrário, a segunda ponte é a do trânsito livre, seu movimento vem do ritmo das pessoas que a atravessam, graças ao seu "passe", a própria queda do Muro.

Na primeira imagem não temos rostos, que estão, no entanto, identificados no "visto". Na segunda, temos inúmeros rostos, entretanto, anônimos. Na primeira, a diferença individual (nome) e coletiva (alemães orientais/alemães ocidentais). Na segunda, são todos apenas mais um no meio da multidão.

Na primeira, a presença de um tempo distendido, o cotidiano da luz do dia, a ordem estabelecida, a comunicação controlada: *mot de passe* = "visto". Na segunda, o instante decisivo, o tempo curto, o momento único registrado pela luz dos holofotes, a festa, a comunicação plena: *mot de passe* = "*événement* queda do Muro de Berlim".

O mais importante é notar que toda essa comparação, essa relação, só é possível de ser estabelecida devido ao fenômeno da data [ver cap. III]. A data é o *schibboleth* (*mot de passe*) mais importante. Ela permite a tradução do *événement*. Assim, a imagem da ponte Bornholmer, em 9 de novembro de 1989, instaura um novo tempo (a partir do *événement* enquanto *rencontre*, encontro inesperado de séries causais até então independentes e que reconfiguram um ou mais sistemas), a partir do qual a imagem da mesma ponte, em 1981, será retomada de modos, até então, insuspeitados.

A data é assinatura, lugar, momento e conjunto de marcas, como propõe Derrida. Mas, segundo ele mesmo, ela também se dá ao outro ao se consumir, em sua incineração. Podemos dizer que ela se consome ao se inscrever em caráter performático, recuperando, a cada momento em que se faz, o *événement* em processo.

Mas ela não voltará tão somente ao passado. A data é, como vimos, futuro do pretérito, marca o tempo que se destina aos aniversários que virão, às imagens que se construirão e reflorescerão em seu "retorno". Sim, "retorno", porque memória, mas retorno enigmático, tradução, porque memória-*viva*.

A Vida com o Muro, o Muro com Vida

Nós vivemos com isso, nós envelhecemos com isso.
Morador de Kreuzberg, a respeito do Muro

Essa frase resume, em poucas palavras, vinte e oito longos anos de convivência com o Muro. Uma convivência de dupla face: uma asséptica, distante e apreendida com o olhar. Presença dura de um signo que insiste em reduzir ao máximo a sua significação, desejando o literal de seu concreto e suas tintas. Regime autoritário que se quer sem véu, a busca de uma memória reiterativa martelando na mente de seus cidadãos a ordem vigente, o limite até o qual somente o olhar pode atingir sem ser alvejado, *Todesstreifen*, RDA.

A outra face, próxima do toque das mãos (*die Mauer zum Anfassen*), a transformação perene da sujeira, dos grafites, das cores, da vida acontecendo ao pé do, sobre o, no Muro. A memória performática transmitida a todo instante, na energia de cada gesto. Nos "cantos" (*Winkel*) a criação de recantos, próximos à "terra-de-ninguém" (*Niemandsland*).

É assim com os Akyol, a família turca que *cultiva* uma horta ao pé do Muro/muro [foto 4.8]. A fertilidade da "cultura" exposta com orgulho no sorriso aberto de quem tem terra embaixo dos pés, mesmo não sendo a "sua". A verticalidade verde desafiando a outra, cinza, contida e redobrada sobre si mesma, como uma imensa dor. No cotidiano dos Akyol, o "Muro" cerca seu recanto, a terra que os alimenta.

Enquanto que da janela da sala de estar dos Schulz, o horizonte que a vista alcança é curto: há um "muro" que limita o olhar. Mas a família não deixa por isso mesmo e traz os Alpes para dentro de casa [foto 4.9].

Há uma transposição de uma possível intervenção (ou mesmo protesto) para dentro de casa, isto é, ao invés de ela ocorrer de forma direta sobre o Muro, ela é feita indiretamente sobre a superfície da parede de uma sala. O espaço do cotidiano se amplia não

Foto 4.8. O verde encobre o Muro – *Spiegel Especial.*

Foto 4.9. Espaço privado, sonho de liberdade – *Spiegel Especial*.

a partir do que há exteriormente, mas do próprio interior do espaço privado, o "nosso mundo". A tranqüilidade do transcorrer do dia-a-dia é assegurada, dessa forma, por uma paisagem cara aos europeus de modo geral, ou seja, mais ao longe há ainda um lugar ancestral, sem muros, onde o céu é azul e a paz possível.

E é com essa imagem que queremos *conviver* todos os dias, ao tomarmos nosso café e brincarmos com nossos filhos. E para lembrar que além desse Muro há todo um mundo, está também a televisão, ao lado da janela, bastando para isso acionar um botão e, quem sabe, desfazer um isolamento. Será?

Mas o isolamento pode ser uma opção, pelo menos é o que parece para o homem que descansa em sua "ilha", sob a sombra de uma "palmeira". Sozinho, ele desfruta a paz de seu "domínio": uma bóia inflável! [foto 4.10].

Com o seu próprio sopro criou um mundo à parte, dentro de outro onde o ar é, talvez, irrespirável. Sua paisagem de borracha não é mais absurda do que aquela que se estende atrás dele, um Muro vigiado de uma fronteira que, dentro dos limites do cotidiano, parece invisível aos olhos desse homem em seu lazer insólito.

As águas fluem e carregam lentamente a minúscula ilha, seu jogo lúdico, de um tempo breve de fim-de-semana, desafiando outros tempos, como a data (ida?) de 13 de agosto de 1961, a refazer-se em sua legibilidade provisória de grafites, mortes e performances.

O trabalho (a horta dos Akyol), o sonho (os Alpes dos Schulz) ou o lazer (o homem e sua "ilha"), isto é, a realidade cotidiana, o mundo sublunar de Veyne, se apresenta como alternativa eficaz frente a uma outra realidade não só de concreto, mas simbólica e dolorosa: a do Muro de Berlim. Quando confrontadas exprimem cada qual o absurdo da outra.

O Muro de Berlim parece não pertencer ao registro do cotidiano; aí, ele se faz de "muro". Ele é, ao mesmo tempo, recriado em performance pelos gestos de cada dia que nasce. Assim, o Muro de Berlim nos é "dedicado", consagrado pela Guerra Fria, como se lê em uma pichação, mas não pela mãe que passa com sua criança ao longo desse mesmo e outro muro, agora apenas "caminho" [foto 4.11]. Aparentemente, um Muro quase que desdenhado pela vida que transcorre a seu pé. No entanto, vida essa que o recria em seu dinamismo, evitando reduzi-lo à memória-nome, às cinzas.

É interessante também que a resistência direta ao Muro não se dá ao seu redor, mas nele, pelos grafites, pelas palavras inscritas, como: "O muro chinês (a Muralha da China) é mais alto e largo, mas não tão perturbador" [foto 4.12]. Ou a já citada: "A Guerra Fria lhes dedica este muro". Enquanto que a resistência que o circundante faz ao Muro é indireta, ao recriá-lo em contextos diferentes, desmonumentalizando-o, presentificando-o.

A Terra-de-ninguém

"Faixa de terra entre os limites de dois Estados, uma área onde ninguém mora". Ou ainda, "terreno entre dois *fronts*, zona de fronteira despovoada, terra inexplorada". *Niemandsland*, segundo os dicionários[4].

O Muro de Berlim para além de suas placas de concreto, como que mostrando seus bastidores. Por trás do Muro, ele próprio, expandido horizontalmente em terra, vazia, espaço não-integrado, que não se irradia para nenhum outro. Aqui, a ferida (trauma) aberta literalmente, onde a intervenção humana não alcança, onde o gesto em performance é risco de morte, *Todesstreifen* [foto 4.13].

Na outra imagem, uma visão de inacabamento, a necessidade de obstáculos claros, a terra minada indicando a separação abrupta, repentina. Da noite para o dia, a concretude de uma divisão que duraria, pelo menos, vinte e oito anos [foto 4.14].

4. *Langenscheidts Grosswörterbuch Deutsch als Fremdsprache*, Berlin/München, Langenscheidts, 1993. *Wahrig – Deutsches Wörterbuch*, München, Bertelsmann, 1991.

Foto 4.10. Humor é preciso – *Spiegel Especial*.

Foto 4.11. Passagem cotidiana – *Spiegel Especial.*

Foto 4.12. Trauma feito palavras – *Spiegel Especial.*

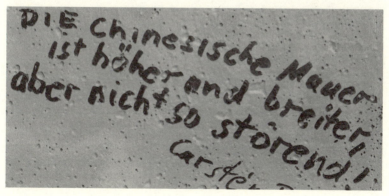

A ferida já estabelecida, ou com vários indicadores ou a terra erma que fala por si só. Qualquer dúvida, a torre de vigia ao fundo. A clareira no meio das árvores, vida de cada um dos lados. As árvores, iguais e diferentes ao mesmo tempo, pelo corte desértico, silencioso.

No meio de tantas imagens de festa, da abertura das fronteiras, de uma só Alemanha, da "queda do Muro de Berlim", de repente, *Niemandsland*. Por que? Porque não podemos estabelecer para o *événement* da queda do Muro de Berlim uma temporalidade única: a do dia 9 de novembro de 1989. Como diz Veyne, a história é lacunar e o historiador muda de tempo de uma página à outra, sem avisar. Acrescentaríamos: todos fazemos essa mudança, desde em uma simples conversa até os jornalistas nos meios de comunicação de massa.

Assim, de 9 de novembro de 1989 nos vemos reportados à construção do Muro, em 13 de agosto de 1961, e de lá avançamos até o dia da "queda". E, podemos dizer, depois dela, porque *Niemandsland* provavelmente é o trauma (ferida), na tentativa de construção dessa memória dolorosa, transformado em imagem.

Nesse lugar nada nasce, nada vive. A partir dele se recria, em cada gesto (ver a grande festa, as passeatas, os grafites, o arrancar de pedaços do Muro), a memória da divisão, ou melhor, das várias divisões. Mas não nele, que permanece silencioso, velando pela vivência dessa memória, para que ela não seja simples data comemorativa, nome, ponto final de mais um "capítulo".

Essas duas imagens mostram que a significação do *événement* está em sua ressonância, como bem apontou Nora. Elas sublinham o lugar de conflitos latentes e projeções sociais do *événement*, a serem trabalhados dentro dos diversos sistemas que compõem o social.

Niemandsland permanece como ferida, trauma, e, talvez, isso não seja totalmente negativo, já que mantém viva a memória e, com essa, a consciência das gerações futuras.

Foto 4.13. Terra de ninguém – *Spiegel Especial*.

Foto 4.14. As várias marcas da divisão – *Taz Especial*.

Um Muro, duas Surpresas

Überraschend! Surpreendente, talvez tenha sido, para a maioria dos alemães, a palavra mais citada tanto na queda quanto na construção do Muro de Berlim. De modo repentino, da noite para o dia (13 de agosto de 1961), os alemães perdiam a sua liberdade de ir e vir e deixavam de ser apenas alemães, para se tornarem ocidentais e orientais [foto 4.15]. Berlim via seus bairros literalmente divididos ao meio, enquanto vizinhos, parentes e amigos não mais se veriam por vinte e oito longos anos.

Olhares atônitos em direção ao Muro. Escadas armadas no meio das ruas de Berlim... ocidental. Dessa vez, não é com os pés no chão que se pode compreender a realidade. Já nesse instante, a divisão presente na postura das pessoas, senão, para que tentar enxergar "o lado de lá", se não há (ou havia) lado qualquer? Elas poderiam virar as costas, fechar os olhos e veriam, talvez até melhor, o que tem por trás do Muro, ou seja, veriam o mesmo de sempre [foto 4.16]. Mas a própria presença dessa construção repentina não pode ser ignorada, embora não pudesse ser compreendida. O corte já estava feito, a ferida já atingira todos, indefesos.

Isso ilustra bem quando Veyne diz que o próprio testemunho é ultrapassado pelos acontecimentos em si, e ressalta que isso ocorre porque geralmente os acontecimentos mais importantes têm um caráter de crise. É kairos novamente, enquanto corte, tempo crítico (ocasião), momento de decisão.

Decisão da qual a maioria das pessoas não participou, o sentido de impotência e perplexidade é nítido nos rostos que esboçam, vez por outra, sorrisos forçados.

Parece haver uma passagem (kairos) de 13 de agosto de 1961 diretamente para 9 de novembro de 1989. Se observarmos a foto 4.17, não saberemos com certeza se é construção ou destruição. Precisaríamos, talvez, nos orientar por uma legenda para esclarecermos a data; no caso, é a da construção.

Foto 4.15. 13 de agosto de 1961: obra na calada da noite – *Spiegel Especial*.

Foto 4.16. Curiosidade, perplexidade: o que é isso? – *Spiegel Especial*.

Foto 4.17. Porta de Brandenburgo encoberta – *Taz Especial.*

Foto 4.18. O Muro no imaginário infantil – *Taz Especial.*

Mas essa não é uma passagem qualquer. Ela retoma, como vimos, o sentido de kairos na tecelagem, uma abertura na urdidura que permanece por um tempo limitado, oportunidade que se não apreendida se esvai. Esse tempo crítico também parece ser o do *événement* da queda do Muro, a segunda surpresa, dessa vez com a participação efetiva das pessoas. É a partir da queda que se estabelece a ligação com o construir do Muro, é a data como endereçamento, a repetição sob a forma da tradução, o retorno enigmático a refazer-se sempre sob o signo da performance. 13 de agosto de 1961 é também 9 de novembro de 1989, ao mesmo tempo que não deixa de carregar a sua unicidade.

Talvez possamos dizer que a queda do Muro permitiu uma retomada (embora não a superação) do trauma de sua construção, trauma no sentido mesmo que Freud atribui em sua conferência n.18, um evento com tamanha carga de significação que não pode ser absorvido sem distorção. Daí, o *événement* da queda do Muro ser uma forma de reconciliação de cada um consigo mesmo, uma busca de a memória superar o trauma, mas ao mesmo tempo evitando a totalização, já que compreender é também esquecer e a história são traços em contínua possibilidade de errância.

As gerações que vivenciaram esse trauma estão vivas, sejam os adultos atônitos sobre as escadas ou as crianças que "brincam de Muro" [foto 4.18]. São eles que criaram novas vozes, tons e timbres que soaram nas passeatas em Leipzig ou no dia 9 de novembro de 1989, sob borbulhas de champanhe.

Não são, portanto, apenas os *événements* da construção e da queda do Muro que nos surpreendem, mas também a aceleração da história, a vivência de ambos pelas mesmas gerações. A importância do testemunho que evita a transformação da memória em um arquivo acumulado é fundamental. É, mais uma vez, a criação da força do acontecimento pela linguagem, em seu caráter performático e não meramente descritivo. É o reconhecimento do *événement*, sem a tentativa de seu domínio. É, ao invés de sua superação, o seu alargamento.

Foto 4.19. Manifestação massiva em Leipzig – *Spiegel Especial.*

"Nós Somos o Povo" – uma Multidão em Marcha

Os meses que antecederam a queda do Muro de Berlim foram de manifestações em massa, principalmente a partir de outubro. Elas se espalhavam pelas cidades da Alemanha oriental: Leipzig, Berlim oriental, Dresden e outras [foto 4.19]. As pessoas pediam reformas no governo, eleições livres, liberdade de ir e vir assegurada e não, diretamente, a queda do Muro. Mesmo após a queda, no dia 9 de novembro de 1989, ocorreram, em Leipzig, manifestações com mais de 300 mil pessoas pedindo eleições livres. Por isso, o *événement* queda do Muro de Berlim não é redutível a uma única data e as relações entre 9 de novembro de 1989 e outras datas são indiretas, nos vêm de viés, por marcas a serem decifradas, recontadas.

Esse povo em marcha é, também, de várias maneiras, o *événement* em questão, em movimento. Um movimento pacífico que já ficou conhecido como "gewaltlose Revolution" [revolução pacífica]. Uma marcha sem violência, por que não, reflexo, às avessas, em alguma medida, de outro *événement*: o massacre na Praça da Paz Celestial, na China, meses antes, quando se clamava por democracia? Afinal, esse massacre foi lembrado nessas passeatas como exemplo a não ser repetido. É claro que houve prisões arbitrárias e coerção policial nessas manifestações, mas nada comparado ao que acontecera na China. Podemos ter a certeza da presença da imagem do estudante chinês Wang Weilin, de 19 anos, enfrentando uma fileira de tanques de guerra, na referida Praça, na mente dessa multidão marchando junta.

A história presentificada também na voz do coro: "Wir sind das Volk" ["Nós somos *o* povo"]. A essa altura, o Muro já não se sustentava em pé, mas, no entanto, não se previa sua "queda", pouco tempo depois. Também não era tão certo que, apenas poucos dias após o 9 de novembro de 1989, no dia 22 daquele mês, em outra manifestação em Leipzig, seria ouvida pela primeira vez a exigência da reunificação, e o lema anterior seria alterado para: "Wir sind *ein* Volk" ["Nós somos *um só* povo"]. Claro, que também este último coro não foi unânime.

E assim, no dia 3 de dezembro, um cordão humano gigantesco, que atravessava quase toda a Alemanha oriental, de norte a sul, pediria uma renovação pacífica. Estava selado o *événement* queda do Muro de Berlim. A Alemanha não seria mais a mesma. Grande parte do mundo também não.

A concretude das manifestações, abreviada aqui a um comentário geral, revela, literalmente, o corpo da história em movimento; a presença do cruzamento de inúmeros "itinerários" possíveis (vindos de todas as partes: do massacre da Praça da Paz Celestial [junho 1989], da presença de Gorbatchev nas comemorações do quadragésimo aniversário da RDA [7 de outubro 1989], da abertura das fronteiras da Hungria com a Áustria [maio 1989] e sua declaração como república independente [23 de outubro 1989], isto é, do desmantelamento da Cortina de Ferro etc. etc. etc.) realizando, conjuntamente, na direção dos passos daquela multidão, o *événement* da queda do Muro de Berlim.

A Festa

Noite do dia 9 de novembro de 1989: "Der beste Platz ist auf der Mauer" ["O melhor lugar é em cima do Muro"] [foto 4.21]. É de cima do Muro que os alemães preferem observar sua grande festa. É subindo no grande inimigo derrotado, que assume, agora, uma nova função: a de "primeira fila diante da qual se estende um palco, onde a história acontece" [foto 4.20].

Retomando Nora, o *événement* se dá na esfera pública, onde é visto se desenrolando, e o fato de ele acontecer diante dos olhos de todos, e com a participação dos meios de comunicação de massa, dão-lhe ares de histórico. De onde, ainda segundo Nora, o caráter de festa que a sociedade se permite. Uma participação "afetiva" das pessoas, ou seja, podemos destacar o caráter performático do *événement*, dramático e múltiplo.

Foto 4.20. Festa: Ano-novo antecipado – *Vier Tage Especial*.

Foto 4.21. O Muro finalmente dominado – *Vier Tage Especial*.

Como os jornais e revistas disseram daquele momento: "uma antecipação do Ano Novo". Explosão: de rolhas de garrafas de champanhe, de gritos e lágrimas, de aplausos, de acenos, de sorrisos, de gente. Talvez, possamos dizer: o "epicentro" do *événement*, o ponto mais próximo do centro de um abalo sísmico. Conjunção de temporalidades: kairos, data, devir e, provavelmente, tantas outras.

Nesse momento, parece que as imagens falam por si. Cabe-nos o silêncio como tentativa de apreênde-lo em sua totalidade. A gestualidade traduz a singularidade do *événement*, a surpresa: a superdimensão do acontecimento no olhar que vai ao chão, humilde [foto 4.22]; nos braços levantados para o céu [foto 4.23]; no grito incontido diante do impassível soldado [foto 4.24]; no abraço apertado de quem não se viu por tanto tempo [foto 4.25]; no simples ato de estar sobre o Muro, incrédulo. É o testemunho ultrapassado pelo acontecimento, a "encruzilhada de um número inesgotável de itinerários possíveis", enfim: é o que chamamos de *événement*.

Foto 4.22. Recepção calorosa aos alemães orientais – *Taz Especial*.

Foto 4.23. Braços ao alto, liberdade – *Spiegel Especial*.

Foto 4.24. Impassividade e euforia – *Taz Especial*.

Foto 4.25. Matando as saudades – *Spiegel Especial*.

Foto 4.26. A reunificação paira no ar – *Vier Tage Especial.*

Uma nova e mesma Alemanha olha para o futuro através da ferida ainda aberta de uma divisão que ela desejaria não houvesse existido. Reunificação é a nova palavra que fica no ar: novos *événements*? Mas essa é uma outra história!

Foto 4.27. Gorbatchev e Honecker, encontro e desencontro – *Vier Tage Especial*.

Quem chega tarde demais, a vida pune![5]

5. Palavras atribuídas a Mikhail Gorbatchev [*Der Spiegel* 1, 1995], no encontro com Erich Honecker, por ocasião do quadragésimo aniversário da RDA, em Berlim oriental, em 7 de outubro de 1989, pouco tempo antes da queda do Muro de Berlim.

Considerações Finais

A pesquisa aqui desenvolvida tem muito a ver com certa ocasião em que Eric Hobsbawn esteve em São Paulo, em 1995, para a divulgação de seu livro *Era dos Extremos*[1].

Na ocasião, lembro-me de ter ficado impressionada quando o historiador comentou que, muitas vezes, não conseguia se identificar com alguns trabalhos realizados por jovens e competentes historiadores a respeito de aspectos da Segunda Guerra Mundial. Ele, que havia *vivido* este período, refletia sobre até que ponto sua memória poderia estar confundida, e até que ponto a percepção da época a partir de documentos e de um grande distanciamento, por jovens que não a tinham vivenciado, criava um outro e mesmo acontecimento, uma outra e mesma época.

A partir daí, comecei a pensar que, talvez, uma perspectiva não anulasse a outra, mas novos e férteis caminhos poderiam surgir da interação entre um *événement* (a partir da concepção já citada de Pierre Nora) apreendido em seu desenrolar-se e resgatado muito tempo depois, sob um novo contexto, sob novas vivências, mas com o sopro de uma antiga memória.

1. Eric Hobsbawn, *Era dos Extremos – o Breve Século XX – 1914/1991*, São Paulo, Companhia das Letras, 1995.

O que individualiza os *événements*, apresentando-os também em seu caráter único, é o momento em que surgem. Essa temporalidade fundamental estará presente em qualquer outra que venha a estabelecer-se no movimento de construção do *événement*, na escala dos caminhos a serem desenvolvidos, ou "tramas", "enredos", como diria Veyne.

Aqui, acreditamos que o *événement* dê importante contribuição para as pesquisas relacionadas com o chamado tempo presente. Em seu dar-se, processo, ele revelaria caminhos, "tramas" mais próximas do vivido, do sublunar. Os documentos afastados do vivido, enquanto arquivos distantes de um testemunho a refazer-se sempre, talvez, não significassem maior objetividade, mas, pelo contrário, um distanciamento que poderia tornar um determinado *événement* reduzido às preocupações calcadas em temporalidades às quais o historiador, afastado do *événement*, está preso. O *événement* em seu processo viria como contraponto às pesquisas desse historiador, ajudando-o em seu ofício.

Ainda nesse sentido, o *événement* em sua transmissividade, em sua recepção, apontando para a presentificação da história, pudesse ajudar a transformar uma questão cara aos historiadores e tão bem-colocada por Veyne, de que a trama escolhida não deve contradizer os conceitos utilizados pelo historiador, mas o *devir* pode contradizê-los:

> O conceito é um obstáculo do conhecimento histórico, porque este conhecimento é descritivo; a história não tem necessidade de princípios explicativos, mas de palavras para dizer como eram as coisas. Mas as coisas mudam mais rapidamente do que as palavras [...] Compreendemos com que olhos devemos olhar um livro de história: devemos olhar nele o terreno de um combate entre uma verdade sempre mutante e conceitos sempre anacrônicos; conceitos e categorias devem ser remodelados sem cessar, não devem ter nenhuma forma prefixada, devem se modelar de acordo com a realidade de seu objeto em cada civilização.

CONSIDERAÇÕES FINAIS • 121

Ao nos aproximarmos de qualquer *événement* em sua performance, a partir da construção pelos meios de comunicação de massa, a partir dos testemunhos, das sensações do ambiente onde este se dá, em suas ondas de propagação para além de seu "epicentro", talvez estejamos nos aproximando de uma maneira mais honesta dessas vivências, desse sublunar, como diria Veyne, que nesse final de século se impõem a nós. Com isso, talvez possamos confrontar categorias e conceituações que serão criadas a uma distância "segura" dos *événements*, com novas formas de vê-los, em seu momento de vida plena, sem negar-lhes sua complexidade própria.

APÊNDICE

UMA POSSÍVEL CRONOLOGIA DOS ACONTECIMENTOS

Usamos aqui uma breve cronologia do ano de 1989, publicada pela revista alemã *Der Spiegel*[1], no especial "1945-1994 – 50 Deutsche Jahre". Nós a escolhemos por ser sintética e mais próxima de uma linguagem, digamos, "testemunhal". Ou seja, comparada com duas outras, esta pareceu ser a mais adequada para os limites de nossa pesquisa.

A primeira com a qual a comparamos foi a oficial, do governo de Bonn, *Inter Nationes Press – De camino hacia la unidad alemana – cronologia de los acontecimientos*[2]. Ela serviu mais para checar datas e dados oficiais, de acordos políticos etc.

A segunda foi *Die deutschen nach dem Krieg – eine Chronik*[3], mais detalhada, e que tem uma interessante divisão: as páginas do lado esquerdo trazem uma cronologia a partir de acontecimentos da ex-Alemanha Ocidental (RFA) e as páginas do lado direito trazem uma cronologia a partir de acontecimentos na ex-Alemanha Oriental (RDA).

O que se nota é que, na RFA, há uma grande preocupação com a fuga em massa da RDA, a tônica são, portanto, as relações diplomáticas e a preservação da ordem política. Fora isso, a RFA está preocupada com seus problemas internos. Já na RDA, os acontecimentos externos, como o desmoronamento da Cortina de Ferro, ou o massacre da Praça

1. *Der Spiegel*, Hamburg, Spiegel Verlag, 1/1995.
2. *Inter Naciones Press – De camino...*, Bonn, Inter Naciones, s./d.
3. H. Bögelholz, *Die deutschen nach dem Krieg...*, Hamburg, Rowohlt, 1995.

da Paz Celestial na China parecem repercutir de uma forma mais profunda, como uma espécie de espelho, um reflexo, em parte, a ser evitado (daí o que ficou conhecido, como já visto, como "Revolução pacífica"/ "gewaltlosen Revolution"). Assim, destacam-se as demonstrações em massa pedindo, não a "queda do Muro de Berlim", mas a abertura democrática (ver a influência da *glasnost*, de Gorbatchev), a liberdade de ir e vir (ver as fronteiras se abrindo na Hungria etc.), reformas no velho sistema abalado, como já referido no capítulo IV.

Em alguns momentos, utilizamos alguns trechos dessa cronologia para completar a da revista *Der Spiegel.*

1989. É o ano da Revolução pacífica – os alemães ocidentais, assim como o resto do mundo olham incrédulos para:

Agosto: Centenas de cidadãos da RDA fogem para representações diplomáticas da RFA em Berlim oriental, Budapeste e Praga. O número de refugiados é avaliado em 1 milhão. O secretário-geral do partido oficial SED, Erich Honecker, revida as críticas ao sistema da RDA, em um discurso perante trabalhadores de Erfurt: "A manada não pode deter a marcha do socialismo".

11 de Setembro: A Hungria abre suas fronteiras aos refugiados da RDA para a Áustria. Na RDA é constituído o movimento civil "Neues Forum", em torno de Bärbel Bohley e Jens Reich, como o primeiro grupo de oposição de todo o país. O Ministério do Interior proclama, em 20 de setembro, que o movimento é ilegal e "perigoso para a segurança nacional".

25 de Setembro: Em uma manifestação em Leipzig, após a "oração pela paz" das segundas-feiras, na igreja de São Nicolau – daí "Manifestação das Segundas-feiras"– cerca de 6 mil pessoas exigem liberdade de ir e vir, de expressão e reunião.

30 de Setembro: O ministro das Relações Exteriores, Hans-Dietrich Genscher, anuncia, na embaixada de Praga, aos refugiados aí reunidos, a iminente partida para o lado ocidental. Aproximadamente 5 mil e 500 cidadãos da RDA em Praga e 800 em Varsóvia vão para a RFA, em trens especiais da RDA, passando pelo território desta última.

4 de Outubro: Na embaixada da RFA, em Praga, o número de refugiados cresce acima de 5 mil. Novamente, milhares de cidadãos da RDA, em Praga e Varsóvia, podem partir em trens. Agitação em Dresden, por onde os trens de refugiados de Praga passam direto, sem parar.

7 de Outubro: O líder soviético Mikhail Gorbatchev alerta para a necessidade de reformas, no 40º Aniversário da RDA, em Berlim oriental: "Quem chega tarde demais, a vida pune". Em muitas cidades da RDA, milhares protestam contra a direção do Estado. A polícia agride manifestantes e mais de mil pessoas são detidas.

7 de Outubro[4]: Para o 40º Aniversário da fundação da RDA são organizados dois desfiles: um do Volksarmee (Exército do Povo), em Berlim oriental, e outro da Marinha, em Rostock. Erich Honecker e Mikhail Gorbatchev encontram-se para uma "minuciosa troca de opiniões". Em conversa particular, Gorbatchev esclarece que o único caminho para acabar com as fugas e manifestações seria uma versão alemã da *perestroika*. Honecker revida que em sua última visita à União Soviética ele se deparou, espantado, com as prateleiras vazias das lojas. Os cidadãos da RDA seriam os que teriam o maior bem-estar dentro do contexto socialista. Após a conversa, esclarece Gorbatchev: "Perigos esperam apenas aqueles que não reagem diante da vida".

À tardinha houve manifestações por reformas em inúmeras cidades, entre elas: Leipzig, Dresden, Potsdam, Jena, Magdeburg, Karl-Marx-Stadt, Halle, Erfurt, Ilmenau e Arnstadt. Berlim oriental viveu a maior manifestação desde junho de 1953 – Milhares seguem pelas ruas despercebidos dos convidados de honra do Palácio da República. Eles gritam em coro: "Liberdade, liberdade", "Neues Forum, Neues Forum", "Ficaremos aqui" e "Gorbi, ajude-nos". Em mobilização violenta, as forças de segurança tentam dispersar a manifestação.

9 de Outubro: 70 mil pessoas participam de manifestação em massa, em Leipzig. "Nós somos o povo" é sua palavra de ordem, a não-violência é seu lema.

4. *Idem*, pp. 661 e 663.

18 de Outubro: Após ininterruptos protestos por toda a RDA, o chefe de Estado e do partido SED, Erich Honecker, é forçado pelo Politburo a pedir demissão. Egon Krenz torna-se o novo chefe do SED, anuncia um "diálogo político interno sério", e seis dias depois é eleito presidente do Conselho de Estado.

23 de Outubro: Manifestações em Berlim oriental, Dresden e outras cidades da RDA. Somente em Leipzig, 300 mil pessoas saem às ruas por reformas e eleições livres.

31 de Outubro e 1 Novembro[5]: Egon Krenz encontra Mikhail Gorbatchev, em Moscou, para uma conversa de três horas. Ambos concordam que o tema da reunificação "não está na ordem do dia".

4 de Novembro: Mais de 1 milhão de manifestantes em Berlim oriental pedem reformas. Milhares protestam em todas as grandes cidades da RDA contra a política do SED.

8 de Novembro: O Politburo do SED renova-se. Entre os novos membros está o presidente do distrito de Dresden, Hans Modrow. A cada dia, a RDA perde milhares de cidadãos.

8 de Novembro[6]: O comitê central do SED aceita a demissão coletiva do Politburo [...] Em frente do comitê central do partido, alemães orientais membros do SED protestam, durante a sessão [de posse dos novos membros], sob o lema "Nós somos o partido", contestando a legitimação do comitê central para escolher o novo Politburo. Em primeiro lugar, fala Günther Schabowski, então, Egon Krenz fala para representantes da base. Promete uma "eleição livre, universal, democrática e secreta". No programa *Aktuellen Kamera*, a escritora Christa Wolf lê um apelo aos cidadãos da RDA para permanecerem no país.

9 de Novembro: À noite, o membro do Politburo, Günter Schabowski, anuncia liberdade de ir e vir para os cidadãos da RDA. *O Muro se abre*[7].

5. *Idem*, p. 671.
6. *Idem*, p. 673.
7. Ver observação no final desta cronologia.

Ainda de noite, os berlinenses orientais saem em massa para o lado ocidental.

9 de Novembro[8]: A notícia da *abertura do Muro* chega ao Parlamento da RFA durante um debate sobre a lei de subvenção social. Espontaneamente, os deputados fazem um pronunciamento sobre o sucedido. Oradores de todos os partidos cumprimentam esse passo da liderança da RDA. Como término do debate, os parlamentares improvisam a terceira estrofe do hino nacional alemão. Após a *abertura do Muro*, milhares de pessoas seguem para Berlim ocidental, em um dia de festa popular de extensão e entusiasmo ainda não vistos. Centenas de milhares de pessoas festejam horas a fio, em cenas inesquecíveis de boas-vindas e confraternização. Nos dias e semanas seguintes, acorrem milhões de pessoas da RDA, com os meios de transporte disponíveis, para o lado ocidental, onde serviços públicos, lojas, cinemas e igrejas têm seus horários de funcionamento prolongados e, em muitos lugares, entrada franca para receber os convidados. Em muitos locais, o dinheiro vivo acabou por causa da grande procura e devido ao "Dinheiro de saudação" (*Begrüβungsgeld*), doado pelo governo da RFA.

9 de Novembro[9]: A partir de fortes pressões de muitos grupos políticos e da opinião pública, a presidência da mesa do *Volkskammer* [Parlamento da ex-RDA], sob direção de Horst Sindermann (SED), convoca finalmente uma sessão para o dia 13 de novembro. Quatro dos membros e candidatos do recentemente eleito Politburo do SED vão, em seus distritos, se demitir ou renunciar: Hans-Joachim Böhme, Werner Walde, Johannes Chemnitzer e Inge Lange.

Na transmissão vespertina da coletiva de imprensa, ao vivo pela televisão, após a sessão do Comitê Central do SED, o assessor de imprensa, Günther Schabowski, menciona que o Conselho de Ministros, acatando uma sugestão do Politburo, teria aprovado um novo regulamento sobre a liberdade de ir e vir, a concessão de vistos a curto prazo, sem pré-condições. A altas horas da noite, ocorre um enorme afluxo de pessoas ao Muro e às passagens de fronteira. Elas querem se informar

---

8. *Idem*, p. 672. Obs. página par: referente aos acontecimentos vistos na/pela RFA.
9. *Idem*, pp. 673 e 675. Obs. páginas ímpares: referentes aos acontecimentos vistos na/pela RDA.

se a prometida liberdade de ir e vir é verdadeira; muitos pais deixam suas crianças dormindo e pretendem voltar de madrugada. Por causa da gigantesca aglomeração, os funcionários da RDA perdem o controle da situação. Milhares de cidadãos da RDA passam irrestritamente para o lado ocidental para serem saudados por alemães ocidentais. À *Porta de Brandenburgo, o Muro perde totalmente seu significado*: pessoas o escalam livremente e descem, passeiam pela Porta, intransponível desde 1961. Passadas apenas três horas, os cidadãos da RDA conseguem uma nova maneira de atravessar a fronteira, através de um brando empurra-empurra. Ainda por muitos dias, jovens berlinenses ocupam o topo do Muro, largo no trecho da Porta de Brandenburgo; alguns arrancam-lhe pedaços. Também nas fronteiras internas alemãs ocorrem cenas semelhantes.

12 de Novembro[10]: [...] O ministro da Defesa em exercício, Heinz Kessler (SED), anuncia a revogação oficial da ordem de atirar em caso de desrespeito da lei na zona de fronteira. Em 13 de novembro, todas as áreas sob proteção armada em torno do Muro e nas fronteiras são suprimidas; é concedido livre acesso a todos os lugarejos.

13 de Novembro: Hans Modrow é escolhido como novo chefe de governo da RDA. Em sua declaração de posse, ressalta sua disposição para um "pacto de colaboração entre os dois Estados alemães".

13 de Novembro[11]: [...] Mesmo após a facilitação de ir e vir ter sido anunciada, aproximadamente 300 mil pessoas participam de uma manifestação em Leipzig, na qual enfatizam a exigência por eleições livres. Ao mesmo tempo, porta-vozes do movimento *Neues Forum* advertem, em megafones, sobre uma possível "liquidação" do Estado (a instalação de alto-falantes não é possível).

22 de Novembro: Na manifestação da segunda-feira de Leipzig, pela primeira vez, é ouvida a exigência de reunificação. As pessoas entoam cada vez mais alto: "Somos *um só* povo".

10. *Idem*, p. 675.
11. *Idem*, p. 677.

28 de Novembro: Em Bonn, o chanceler Helmut Kohl apresenta um plano com dez pontos básicos. Ele prevê "estruturas confederativas entre ambos os Estados alemães" tendo como objetivo a reunificação.

28 de Novembro[12]: [...] Em todas as áreas, a ajuda e o trabalho comum devem ser intensificados, "se uma mudança fundamental do sistema político-econômico da RDA for estabelecida de modo irreversível". O governo federal da RFA estaria pronto para desenvolver "estruturas confederativas", "com o objetivo de criar uma federação na Alemanha, isto é, uma ordem federal. Isto torna urgente estabelecer um governo democrático legítimo na RDA. Como objetivo político o governo federal da RFA busca "a recuperação da união dos Estados alemães", "inspirada no processo de união européia". Os partidos SPD e FDP concordam com o ponto de vista de Kohl, enquanto que o partido Verde se define por uma clara "política da relação entre os dois Estados".

3 de Dezembro: O chefe do SED, Egon Krenz, bem como o Politburo e o comitê central demitem-se. Três dias depois, Krenz também renuncia ao seu cargo de presidente do Conselho de Estado.

3 de Dezembro[13]: [...] Um cordão humano estende-se por quase toda a RDA, de norte a sul. À exceção de algumas lacunas, de Kap Arkona até Fichtelberg, milhares dão-se as mãos, em um sinal da busca por uma renovação pacífica e democrática.

7 de Dezembro: Em Berlim oriental – após os exemplos húngaro e polonês –, tem lugar, pela primeira vez, a mesa-redonda para a troca de opiniões entre os chefes do SED, os grupos de oposição e as Igrejas. A maioria se pronuncia por eleições livres para o Parlamento [*Volkskammer*], em 6 de maio de 1990.

22 de Dezembro: A Porta de Brandenburgo é aberta, com a presença de milhares de berlinenses.

12. *Idem*, p. 676.
13. *Idem*, p. 677.

22 de Dezembro[14]: O ministro-presidente Hans Modrow (SED-PDS) e o chanceler Helmut Kohl inauguram duas passagens para pedestres pela Porta de Brandenburgo. Assim, pela primeira vez após vinte e oito anos, esse símbolo da divisão torna-se acessível novamente para alemães orientais e ocidentais. Kohl classifica esse acontecimento "como um dos momentos mais felizes da minha vida". Modrow qualifica a construção como "Porta da paz", nunca mais devendo aqui "soprar a fagulha que inicia a guerra". Em 31 de dezembro, centenas de milhares de alemães do Leste e do Oeste festejam em torno da Porta de Brandenburgo, não só a mudança [Wechsel] do ano como também a reviravolta [Wechsel] política.

Observação

Gostaríamos de observar que tanto a imprensa alemã quanto as outras utilizam as palavras *abertura* e *queda* para se referirem ao *événement* do dia 9 de novembro de 1989. Parece que quando querem enfatizar a importância deste, usam *queda* (por exemplo, em manchetes); quando o acontecimento aparece no meio de um texto mais geral usam *abertura*. Se formos pensar em termos técnicos, houve uma *abertura* gradual das fronteiras e grande parte do Muro foi retirada aos poucos. Se pensarmos em termos da potência do acontecimento, *queda* é a palavra mais adequada e, provavelmente, a mais ouvida. Algumas outras palavras aparecem esporadicamente, tais como: desintegração, quebra, destruição etc.

14. *Idem*, p. 681.

REFERÊNCIAS BIBLIOGRÁFICAS

AEROUX, Sylvain (org.). *Encyclopédie Philosophique Universelle – Les notions philosophiques*. Paris, PUF, 1990, vol. 1.
_____. *Encyclopédie Philosophique Universelle – L'univers Philosophique*. Paris, PUF, 1990, vol. 2.
ARIÈS, P. *Le temps de l'histoire*. Mônaco, Ed. du Rocher, 1954.
BACHELARD, G. *La dialectique de la durée*. Paris, PUF, 1993.
BARTHES, Roland. "Le Discours de l'histoire". In: *Poétique*, "Le texte de l'histoire". Paris, Seuil, fev. 1982, n. 49.
BENJAMIN, W. "Magia e Técnica, Arte e Política...". In: *Obras Escolhidas*. São Paulo, Brasiliense, 1986, vol. 1 ["O Narrador"].
_____. *Über den Begriff der Geschichte*. In: Ges. Schr., I-2, Frankfurt a.M., Suhrkamp, 1974.
_____. *Ursprung des Deutschen Trauerspiel*. In: Ges. Schr., I-1, Frankfurt a.M., Suhrkamp, 1972.
BRAUDEL, Fernand. *Escritos sobre a História*. São Paulo, Perspectiva, 1992, 2a. ed.
BUNGE, Mário. "A World of Systems". *Treatise on Basic Philosophy*. Dordrecht, D. Reidel Publ. Co., 1979, vol. 4.
BURNET, John. *L'aurore de la Philosophie Grecque*. Paris, Payot, 1919.
CARRUTH, Cathy (org.). *Trauma – Explorations in Memory*. Baltimore, J. Hopkins, 1995.
CASSIN, B. *L'effet Sophistique*. Paris, Gallimard, 1995.
CERTEAU, Michel de. *A Escrita da História*. Rio de Janeiro, Forense Universitária, 1982.

CHAUI, M. *Introdução à História da Filosofia.* São Paulo, Brasiliense, 1994, vol. 1.
(COLEÇÃO). *História Imediata.* Alfa-Ômega, 1970.
(COLEÇÃO). *L'histoire immédiate.* In: LACOUTURE, Jean (org.). Paris, Seuil.
CORNFORD, F. M. *Plato's Theory of Knowledge – the Theaetetus and the Sophist of Plato Translated with a Running Commentary.* London/Henley, Routledge & Kegan Paul, 1979.
_____. *Before and after Socrates.* Cambridge, Cambridge University Press, 1932.
DERRIDA, J. *Schibboleth – pour Paul Celan.* Paris, Galilée, 1986.
_____. *L'écriture et la Différence.* Paris, Seuil, 1967.
DICIONÁRIO *latino-português.* In: TORRINHA, F. (org.). 2a. ed. Porto, Gráficos Reunidos Ltda., 1942.
DICTIONNAIRE *grec-français.* In: PESSONNEAUX, Émile (org.). Paris, Belin Frères, s./d.
DICTIONNAIRE *des Sciences Historiques.* In: BURGUIÈRE, A. (org.). Paris, PUF.
DOSSE, F. *A História em Migalhas.* São Paulo, Ensaio, 1992.
ÉSQUILO. *Agamemnon.* Trad. Herbert W. Smyth. Cambridge/Massachusetts, Harvard U. Press, 1983, vol. II.
EURÍPIDES. *Hippolytos.* Introdução e Comentários W. S. Barrett. Oxford, Clarendon Press, 1964.
FEBVRE, L. *Combats pour l'histoire.* Paris, A. Colin, 1953, 3 vols.
FELMAN, S. & LAUB, D. (orgs.). *Testimony-literature, Psychoanalysis, History.* London, Routledge, 1991.
FELSTINER, J. *Paul Celan – Poet, Survivor, Jew.* New York, Yale University Press, 1996.
FOUCAULT, M. *L'archeologie du Savoir.* Paris, Gallimard, 1969.
FOULQUIÉ, Pierre. *Dictionnaire de la Langue Philosophique.* Paris, PUF, 1969.
FREUD, S. *The Standard Edition of the Complete Psychological Works of S. Freud.* Londres, Hogarth, 1961, vol. 18 [Ensaio 18].
FRIEDLANDER, S. (org.) *Probing the Limits of Representation – Nazism and the Final Solution.* Cambridge/London, Harvard University Press, 1992.
GAGNEBIN, J-M. *História e Narração em W. Benjamin.* São Paulo, Perspectiva, 1994.
GURVITCH, G. *La Multiplicité des Temps Sociaux.* Paris, CDU, 1958.
GUTHRIE, W. K. C. *The Greek Philosophers – from Thales to Aristotle.* London/New York, Methuen, 1984.
_____. *The Sophists.* Cambridge, C. University Press, 1971.

REFERÊNCIAS BIBLIOGRÁFICAS • 133

HALBWACHS, M. *A Memória Coletiva*. São Paulo, Editora Revista dos Tribunais, 1990.
HALL, E. T. *A Dimensão Oculta*. Rio de Janeiro, F. Alves, 1989.
HARTOG, François. "L'oeil deThucydide et l'histoire 'véritable'". In: *Poétique*, *"Le texte de l'histoire"*. Paris, Seuil, fev. 1982, n. 49.
HEGEL, G. W. F. *The Phenomenology of Mind*. Trad. J. B. Baillie. London, George Allen & Unwin, 1961.
HEIDEGGER, M. *Introdução à Metafísica*. Trad. Emmanuel Carneiro Leão. Rio de Janeiro, Tempo Brasileiro, 1966.
_____. *O que é isto – a Filosofia*. Trad. Ernildo Stein. São Paulo, Ed. Duas Cidades, 1971.
HESÍODO. *Les travaux et les jours*. Paris, Société D'Édition "Les belles Lettres", 1951.
HOMERO. *Iliade*. Turim, Einaudi, 1990.
JAEGER, Werner. *Paideia – los Ideales de la Cultura Griega*. Cidade do México, Fondo de Cultura Econômico, 1946.
JAPIASSU, Hilton & MARCONDES, Danilo. *Dicionário Básico de Filosofia*. Rio de Janeiro, Zahar, 1991.
JOLY, Martine. *Introdução à Análise da Imagem*. Campinas, Papirus, 1996.
KIRK, G. S. & RAVEN, J. E. *Os Filósofos Pré-socráticos*. Lisboa, Fundação Calouste-Gulbenkian, 1990.
LADURIE, Le Roy E. *Le Territoire de l'historien*. Paris, Gallimard, 1979.
LALANDE, André. *Vocabulário Técnico-crítico da Filosofia*. São Paulo, Martins Fontes, 1993.
LE GOFF, J. *A História Nova*. São Paulo, Martins Fontes, 1995.
_____. *História e Memória*. Campinas, Editora da Unicamp, 1994.
LE GOFF, J. & NORA, Pierre (orgs.). *Faire de l'histoire*. Paris, Gallimard, 1974.
LEROI-GOURHAN, A. *O Gesto e a Palavra – Memória e Ritmos*. Lisboa, Edições 70, 1983.
LOTMAN, Yuri M. *Universe of the Mind – A Semiotic Theory of Culture*. Londres, I. B. Tauris & Co. Ltd., 1992.
LYOTARD, J.-F. *L'inhumain – Causeries Sur le Temps*. Paris, 1988.
MONDOLFO, Rodolfo. *Heráclito – Textos y Problemas de su Interpretación*. C. México, Siglo XXI Editores, 1966.
MORIN, Edgar (org.). *Communications – L'événement*. Paris, Seuil, 1972, n. 18.
NÖTH, W. (org.). *Handbook of Semiotics*. Indiana, Indiana University Press.

ONIANS, R. B. *The Origins of European Thought.* Cambridge, C. University Press, 1988.

PEIRCE, C. S. *Semiótica.* São Paulo, Perspectiva, 1990.

PENSADORES (Os). "Os Pré-socráticos". São Paulo, Abril Cultural, 1973, vol. 1.

PÍNDARO. *Neméenes.* Paris, "Les belles Lettres", 1955, t. III.

_____. *Pythiques.* Paris, "Les belles Lettres", 1955, t. II.

PLATÃO. "Théétète". In: *Platon Oeuvres Complètes.* Trad. Auguste Diès. Paris, Société d'Édition, "Les belles lettres", 1924, t. viii.

PRIGOGINE, I. *O Fim das Certezas.* São Paulo, Ed. Unesp, 1996.

RECTOR, Mônica & TRINTA, Aluizio. *Comunicação Não-verbal: a Gestualidade Brasileira.* São Paulo, Vozes, 1986.

VESENTINI, C. A. *A Teia do Fato – Uma Proposta de Estudo Sobre a Memória Histórica.* São Paulo, Depto. de História – FFLCH, Universidade de São Paulo, 1982. Tese de doutoramento.

VEYNE, Paul. *Comment on écrit l'histoire – essai d'épistémologie.* Paris, Seuil, 1971.

WEIL, P. & TOMPAKOW, R. *O Corpo Fala – a Linguagem Silenciosa da Comunicação Não-verbal.* Petrópolis, Vozes, 1998.

WHITROW, G. J. *O Tempo na História – Concepções do Tempo da Pré-história aos Nossos Dias.* Rio de Janeiro, Zahar, 1993.

ZUMTHOR, Paul. *A Letra e a Voz – a "Literatura Medieval".* São Paulo, Companhia das Letras, 1993.

_____. *Écriture et Nomadisme – Entretiens et Essais.* Montreal, L'Hexagone, 1990.

Referências Relacionadas ao Muro de Berlim

BLACKBURN, R. (org.). *Depois da Queda – O Fracasso do Comunismo e o Futuro do Socialismo.* São Paulo, Paz & Terra, 1992.

BÖGEHOLZ, H. *Die Deutschen nach dem Krieg – eine Chronik.* Hamburg, Rowohlt Verlag, 1995.

DDR – 162 Tage Deutsche Geschichte – Das halbe Jahr der gewaltlosen Revolution. Spiegel Spezial. Hamburg, Spiegel Verlag, maio, 1990.

DDR Journal. Zur November Revolution/ Die Wende der Wende. Frankfurt am Main, Die Tageszeitung Verlag ("Taz"), 1990.

DROMMER, G. (org.). *Schau ins Land – ein Foto-Lese-Buch über die DDR.* Frankfurt am Main, Luchterhand Literaturverlag, 1989.

KNOPP, G. *Die Eingemauerte Stadt – die Geschichte der Berliner Mauer.* Georg Bitter Verlag, 1991.

MOMPER, W. & SCHREITER, H. *Vier Tage im November.* Hamburg, Stern Bücher, 1990.

PETSCHULL, J. *Die Mauer – vom Anfang und vom Ende eines deutschen Bauwerks.* Hamburg, Stern Bücher, 1990.

Título A Queda do Muro de Berlim
e a Presentificação da História
Autora Flavia Bancher
Capa Tomás B. Martins
Editoração Eletrônica Mônica Santos
Formato 13,8 x 21 cm
Tipologia New Baskerville
Papel de Capa Cartão Supremo 250 g/m^2
Papel de Miolo Polén Soft 85 g/m^2
Número de Páginas 135
Fotolito Binhos
Impressão e Acabamento Lis Gráfica